알지 못하는 모든 신들에게

정이현

알지 못하는 모든 신들에게

정이현

소설

PIN

006

차례

PIN
006

알지 못하는 모든 신들에게

정이현

PIN
006

1부

1

아침에 눈을 뜨면 하루를 시작할 이유에 대해 생각해보는 것은 세영의 오랜 습관이다. 그것은 눈을 뜨고 싶지 않다는 뜻이기도 하다. 죽는 것이 두렵다고는 생각해보지 않았다. 세영은 죽음을, 꿈 없는 깊은 잠 속에 빠진 상태라고 짐작했던 것 같다. 하루를 새로 시작할 이유가 없다면 다른 방법이 없을 것이다. 그날을 위한 구체적인 조제법은 정해두었다.

심정지를 위해 케이콘틴 20정, 심정지가 오는 순간 살려달라고 외칠 수는 없으므로 졸피뎀 10정, 자다가 위가 아파서 깨면 낭패일 테니 프로톤펌

프인히비터 3, 4정을 같이 처방할 예정이었다. 좀 더 몽롱한 기분을 느끼려면 마약계 진통제 몇 정을 추가하면 된다. 무엇보다 그날은 생일이었기 때문에 눈을 뜨고 싶지 않은 마음이 더 크게 요동쳤다.

수미상관을 맞추는 것도 인생을 정리하는 특별한 방식일 것이다. 묘비에 새겨진 생몰 날짜가 똑같으면 죽은 자의 인생이 약간은 흥미로워 보일지도 몰랐다. 세영은 흥미로운 것과는 거리가 먼 생을 살았다. 그녀는 20년째 '김 약사'로 불려왔다. 면허를 취득하고 일을 쉰 것은 아이를 낳은 직후 3개월뿐이었다. 아이가 어렸을 동안은 육아를 병행해야 했으므로 대형 체인 약국의 파트타이머로 근무해야 했다. 동네에 작은 약국을 개업한 것은 지금으로부터 5년 전이다. 초등학교 3학년이 된 아이가 혼자서 하교를 할 수 있게 되었기에 가능한 일이었다. 아이는 학교가 끝나면 약국으로 와서 세영이 미리 준비해둔 간식을 먹고는 학원 셔틀버스에 올랐다. 돈도 벌고 아이도 챙길 수 있으니 얼마나 좋으냐고 말하는 사람들이 많았다. 그렇게 말하는 사람들을 세영은 남몰래 증오했다.

도우.

언제나 유일하게 떠오르는 단어는 딸의 이름이었다. 도우는 만 열네 살이었다. 그 애는 강인했다. 차가운 피를 가졌고, 어느 때고 평정심을 유지하는 성격이었다. 다소 이른 생모의 죽음이 아이의 내면에 충격을 주겠지만 삶 전체를 무너뜨릴 거라고는 여겨지지 않았다. 만약 자신이 죽은 뒤 도우가 진심으로 슬퍼하고 비탄에 빠진다면 오히려 인간적으로 성숙하는 계기가 될지도 몰랐다. 가슴을 미어지게 하는 그런 상상에는 묘한 중독성이 있었다.

세영이 급히 몸을 일으킨 것은 금요일이라는 것을 깨닫고서였다. 학교폭력대책자치위원회가 열리기로 되어 있는 날이었다. 전날 밤 잠들기 전까지도 판단이 서지 않은 상태였다. 자고 일어나서도 여전히, 아무것도 결정하지 못했다는 사실에 화가 치밀었다. 밤새 무음으로 해둔 휴대폰을 확인했다. 문자메시지 두 통이 와 있었다. 발신자

는 모두 그 사람이었다. '유강 할아버지'로 저장된
이름. 메시지는 '존경하는 부회장님'이라고 시작
되었다. 부회장님, 이라는 호칭은 아무리 들어도
낯설어서 자신을 지칭하는 것으로 느껴지지 않았
다.

　ー존경하는 부회장님, 바쁘신 가운데 사명감
을 가지고 학교 일에 불철주야 애쓰심에 충심으
로 감사의 말씀 올립니다. 다름이 아니옵고 이
번 저의 손주 일로 심려를 끼쳐드려 진심으로 죄
송스런 심정입니다. 강이는 어려서 부모와 떨어
져⋯⋯

　더 읽을 필요는 없었다. 이 사람은 그간 이런
내용의 문자메시지를 스무 통도 넘게 보내왔다.
만약 그가 가해자 쪽이었다면 진즉에 학교 측에
말해 단호한 조치를 취하도록 했을 것이다. 그렇
지만 피해자 쪽이었으므로 적극적으로 제지하기
가 애매했다. 그것이 세영이 보유한 최소한의 균
형감각 혹은 교양이었다. 두 번째 문자의 발신자
역시 그 사람이었다.

　ー맹세컨대 제가 꿈에도 바라는 것은 저희 아

이에게 몹쓸 짓을 한 학생들이 천벌을 받는 것이 아닙니다. 자신들의 과오와 잘못을 참회하는 기나긴 터널을 지나 이 사회의 동량으로 거듭나는 것입니다.

역시 더 읽을 필요가 없었다. 자신의 손자를 괴롭힌 아이들이 하늘의 벌 대신 현실의 벌로 단죄되기를 강력히 원한다는 것이 글의 요지였다. 두 메시지 다 발신 시각이 오전 다섯 시 30분경으로 찍혀 있었다. 그 이른 시간에, 타인에게 저런 장황한 메시지를 보내는 이의 머릿속엔 무엇이 들어 있을까, 이런 사람과도 이성적인 대화라는 것이 가능할까 세영은 잠시 생각했다.

도우를 깨울 시간이었다. 그 애를 깨우는 것은 어렵지 않았다. 어깨를 두어 번 흔들며 일어나라고 말하면 되었다. 그러면 도우는 여전히 눈을 감은 채, 얼굴의 여러 근육을 잔뜩 찡그리면서 상체를 일으켰다. 자동 인형처럼 침대에서 나와 욕실로 가고, 이를 닦으면서 천천히 현실로 스며들었다. 아침밥은 간단히, 국이 있으면 국으로, 빵이 있으면 빵으로 먹여 보내곤 했다. 아침거리는 지난밤에 준비해놓았다. 고기 없이 미역만 참기름에 볶아 물을 붓고 끓인 간소한 미역국과 전자레인지에 돌린 즉석 계란찜이었다. 이틀 전 약국 근처 단골 반찬 가게에서 사 온 콩나물무침과 새송이버섯볶음, 조미김을 늘어놓긴 했지만 도우는 원래 그런 밑반찬에는 젓가락을 대지 않았다. 알면서도 세영은 그런 것을 준비해두지 않으면 불안했다. 반찬 가게 진열장에서 무얼 집어야 하나 막막할 때 또한 꼬집어 말하기 어려운 죄책감에 휩싸였다. 도우는 건성으로 국을 떠먹으며 시선을 휴대폰에서 떼지 않았다.

"왜 미역국이게?"

"네?"

도우가 안경을 추켜올렸다.

"오늘 내 생일이야."

"진짜요?"

"응."

"축하해요."

도우는 다시 휴대폰에 눈을 박았다. 세영은 고맙다고 대답했다. 도우는 오늘 학폭위가 열리는

16

것을 알고 있을까, 몰랐으면 좋겠다는 생각이 들었다. 아이의 신경을 분산시키고 싶지 않았다. 오늘 저녁에는 수학학원의 승급시험이 있었다. 특목고를 준비하는 그 학원에 도우와 성적이 비슷한 아이들이 함께 입학시험을 치렀다. 그들 중 도우만 합격했다. 최상위반에는 들어가지 못했고 그 아래 성적의 아이들이 속한 클래스였다. 매달 새로 치는 시험 결과에 따라 최상위반으로 올라갈 수 있었지만 도우는 승급에 세 번 실패했다. 그래도 그만두겠다는 말을 하지 않는다는 사실이 세영에겐 신기하고 용하게 느껴졌다.

도우가 등교한 뒤 세영도 출근 준비를 시작했다. 평일 아침 약국의 오픈 시간은 같은 건물에 있는 클리닉들이 문을 여는 오전 아홉 시였다. 세영은 보통 30분 전에 도착해 준비를 시작했다. 늦는 것보다 빠른 것이 안심이 되었다. 그녀는 옷을 입으면서 학폭위에 불참할 방법을 본격적으로 궁리하기 시작했다. 하늘이 무너져도 솟아날 구멍이 있다는 속담이 괜히 만들어진 건 아닐 것이다.

만약 학폭위에 참석한다고 해도 중요한 결정권이 자신에게 있을 리 없었다. 기껏해야 미리 만들어진 의견에 거수로 찬반을 표현하는 정도겠지. 그러나 문제는 회의록이었다. 자신이 무심코 뱉는 한마디, 혹은 뱉지 않은 한마디는 회의록에 낱낱이 기록될 것이다. 그 말들은 독화살이 되어 어디로 날아갈지 몰랐다.

세영은 남의 인생에 영향을 끼치는 일은 손톱의 때만큼도 하고 싶지 않았다. 더구나 여기서는. 학폭위에 회부된 아이들은 그녀가 너무도 잘 아는 아이들이었다. 이 동네는 도심이지만 어떤 의미에선 지방의 소읍과 비슷한 데가 있었다. 조성된 지 서른 해에 가까워가는 대단지 아파트 안에 초등학교와 중학교가 등을 맞대고 붙어 있었다. 단지 안의 거의 모든 아이들이 같은 초등학교를 다녔고, 졸업 후엔 같은 중학교에 진학했다. 도우가 초등학교에 입학했을 때 80여 명이던 한 학년 학생의 숫자는 고학년이 될수록 점차 줄어 졸업 무렵엔 60여 명 정도만 남았다. 그 애들이 그대로 같은 중학교에 올라가는 구조였다.

이 사건의 당사자들인 양은석과 차지수와 유강은 지금 도우와 같은 반은 아니었다. 그 애들은 모두 2학년 1반이었고, 도우는 옆 반인 2반의 반장이었다. 은석은 초등학교 2학년 때부터 5학년 때까지 도우와 계속 한 반이었다. 지수는 초등학교 1학년과 5, 6학년 때 한 반이었다. 두 아이 다 도우와 같이 동네 상가의 태권도 학원과 수영장에 다닌 적이 있었다. 집안이 어떤지도 서로 훤히 알았다. 은석 아빠는 시중 은행 본점에 다녔고, 엄마는 하나뿐인 아이를 그림자처럼 밀착 수행하는 열성적인 스타일이었다. 은석이 학원 수업에 들어가면 대기실에 앉아 책을 읽거나 뜨개질을 하며 기다렸다. 차지수의 부모는 옆 동네에서 부부 한의원을 운영했다. 친절하고 꼼꼼하게 진료한다는 소문이 나서 환자가 많았다. 바빠도 아이에게 소홀하지 않고 공개수업, 바자회 같은 학교 행사에 꼭 참석했다. 세영은 은석 엄마나 지수 엄마와 따로 밖에서 만나 커피를 마시는 사이는 아니었지만, 우연히 길이나 동네 마트에서 마주치면 반갑게 인사를 나누고 간단한 안부를 물을 만한 사이는 되었다.

학폭위에 그들도 모두 참석할 것이다. 세영은 그 장면을 상상하고 싶지 않았다. 가해자 부모라는 자격으로 그 자리에 앉아 있을 그들의 표정을 마주 볼 자신이 없었다. 어떤 일은 공감하려는 노력 없이도 단번에 알아졌다. 그들이 불시에 맹수에게 다리 한쪽을 물어뜯긴 초식동물의 눈빛을 하고 있으리라고 세영은 한 치의 의심도 없이 단정했다. 은석과 지수에게 일어난 일이 도우에게 일어났다면 자신이 짓고 있을 표정, 그것이 그들의 표정일 터였다. 그때까지도 세영은 그 일이 은석과 지수에게 일어난 것이라고 생각했다. 슬그머니 피하는 것 말고는 다른 도리가 없는 줄 알았다.

급히 불참을 통보하려면 어떤 방법이 적당할까, 그나마 조금이라도 거짓말이 아닌 것처럼 여겨지는 방법은 없을까, 며칠째 머리를 쥐어짜고 있었지만 답이 보이지 않았다. 물론 길을 걷는데 옆 건물의 간판이 머리 위로 떨어져 응급실에 실려 갔다는 따위의 핑계를 꾸며낼 수는 있었다. 누가 봐도 속이 훤히 들여다보이는 변명. 그렇게까지 노골적으로 무책임한 인간으로는 보이고 싶지 않다는 것이 그녀의 딜레마였다. 그곳이 아이의 학교가 아니라 다른 집단이라면 이토록 깊이 고민하지는 않았을 거였다. 하지만 도우의 학교 일이었다. 그곳에서 그녀는 김세영이 아니라 장도우의 엄마일 뿐이었다.

집을 나서려는데 현관 입구에 놓인 쇼핑백이 눈에 들어왔다. 어제 놓은 자리 그대로였다. 다시 머리가 지끈거리기 시작했다. 누가 보냈는지 아직 모르는 물건이었다. 종이 쇼핑백은 흰색의 미끈한 유광 재질이었고 아무런 무늬가 없었다. 세영은 기가 막힌 심정으로 그것을 바라보았다.

대체 누가 보낸 것일까?

영원히 모르게 될까봐, 이러다 아무 방법도 찾지 못하고 결국 제 발로 걸어가 학폭위에 참석하게 될까봐 자꾸 겁이 났다.

2

어제는 평소와 크게 다를 바 없는 하루였다.

저녁 알바 약사가 교대 시간에 10분쯤 늦었기 때문에 퇴근하는 걸음이 조금 급했다. 월요일부터 금요일까지, 도우의 학원이나 과외 스케줄에 따라 세영의 저녁 일정도 달라졌다. 그날은 영어학원과 과학 과외가 붙어 있는 요일이라 세영이 학원으로 직접 픽업하러 가야 했다. 그래야 과외 선생이 도착하기 전에 도우에게 저녁밥을 먹일 수 있었다. 집에 도착하자마자 세영은 세탁실로 갔다. 일주일에 세 번, 오후 두 시에 출근해 여섯 시까지 근무하는 가사도우미는 일솜씨가 깔끔

한 편이었다. 도우미는 세탁기에서 빤 빨래 뭉치를 건조기에 넣고 작동시키는 일을 마지막으로 집에 돌아갔다. 건조기에서 바짝 마른 빨래를 꺼내어 개는 것은 30여 분 후 도착하는 세영의 몫이었다. 건조기 문을 열자 섬유 유연제의 인공 장미 향기가 코끝을 찔렀다. 세영은 뜨끈뜨끈한 열기가 남아 있는 옷 뭉치를 마룻바닥에 널어놓고 빠르게 개켰다. 도우의 흰 양말을 접다가 바닥에 누르스름한 흙 얼룩이 말끔히 지워지지 않은 것을 보았다. 그것을 기회 삼아 세영은 긴 한숨을 내쉬었다.

도우를 데리러 나가려는데 차 열쇠가 보이지 않았다. 이즈음 세영은 자주 무언가를 잊어버렸다. 지갑은 화장실 수납 선반 위에서, 안경은 쌀통 위에서 간신히 발견되곤 했다. 이마를 찌푸리며 열쇠를 던져두었을 만한 곳을 더듬고 있는데 초인종이 울렸다. 인터폰 화면 너머 누군가 서 있는 형체가 보였다. 구형 인터폰의 흑백 화면은 뿌옇고 흐릿해서 상대의 얼굴을 알아볼 수 없었다. 인터폰 바꿀 시기는 오래전에 지났지만 무원이 교체를 강력히 반대하고 있었다.

"재건축되면 어쩌려고."

그것은 무원만의 입버릇이 아니었다. 이 아파트 단지 거주민들의 공통된 생각이었다. 이 동네 사람들은 미래뿐만 아니라 현재에 대해 말해야 하는 순간에도 '재건축되면'이라는 가정을 습관처럼 전제했다. 이곳은 집값 안정과 주택난 해소라는 목적으로 1989년 개발 계획이 발표된 1기 신도시의 시범 단지였다. 작년부터 아파트 단지는 본격적으로 재건축 이슈에 휩싸여 있었다. 재건축이 확정되었다는 의미와는 달랐다. 재건축에 대한 소문이 돈 것은 벌써 몇 해 전부터였다. 부동산 정책이 바뀔 때마다 재건축과 리모델링에 대한 소문은 부풀었다 가라앉기를 반복해왔다. 가장 최근, 귀에 들려온 소식은 본격적인 재건축 추진위원회를 만들기 위한 예비위원회가 발족했다는 것이었다. 그 소식을 전해준 사람은 무원이었다. 무원과 세영은 대학생일 때 서로 이름을 부르는 것이 자연스러운 친구 사이로 만나 부부가 되었다. 물론 언젠가부터 세영은 그를 예전처럼

'무원아'라고 부르지 않았다. 도우 아빠라고 부르거나, 호칭을 생략하고 저기 있잖아, 라고 했다. '재건축추진예비위원회의 구성을 위한 입주자 대표 모임'에 참석할 때면 무원은 집으로 와 1박을 했다. 그는 그곳의 간부로 선출되었다고 했다.

"급물살을 탈 수도 있겠어."

얼마 전 모임에서 돌아온 무원이 말했다. 언젠가부터 무원은 그녀가 잘 모르는 사안은 은밀하고 중요한 듯 다루었다. 사업을 시작하면서부터 새로운 태도를 학습 중인 것 같았다. 세영의 눈에는 그가 마치 대단한 정보를 다수 보유한 사람인 양 행세하는 것처럼 보였다. 그 점을 지적하지 않는 건 그 과정에서 빚어질 충돌이 무서워서가 아니었다. 귀찮아서였다. 20대의 무원은 확실히 지금의 무원과 달랐다. 그때의 그는 수줍음이 많았고 잘 모르는 이들과의 모임에 나가는 일 같은 데엔 아무런 관심이 없는 사람이었다. 시간이 있으면 자신의 관심 분야에 혼자 몰두했다. 주말 내내 레고 블록을 맞추거나 영국 드라마를 다운받아 몰아 보는 식이었다. 그때 세영은 20년 뒤의 무원이 재건축추진예비위원회의 간부가 되어 있는 모습을 상상할 수 없었다. 무원 자신 역시 마찬가지였을 것이다.

"시市 쪽에서 무슨 얘기가 나오고 있고, 그러면 바로 시공사도 잡히지 싶은데."

그날 평소와 달리 무원은 아파트 재건축과 관련된 이야기를 더 하고 싶은 눈치였다.

"그래?"

세영은 심드렁하게 대꾸했다.

"내가 저번에 말했잖아. 못 들었어?"

"들었던 것도 같아."

무원은 더 말하지 않고 화장실로 들어갔다. 샤워기의 물 쏟아지는 소리가 들려왔다.

인터폰 속 인물은 남자인지 여자인지도 판별되지 않았다. 야구 모자를 깊숙이 내려 썼고 마스크로 얼굴을 가렸다. 수상한 사람이나 도둑이리라는 생각은 들지 않았다. 스스로 도둑이라고 광고하는 모습으로 초인종을 누를 도둑은 존재하지 않을 테니까. 세영이 '누구세요'라고 말하려는 순간 벨이 한 번 더 울렸다. 그러곤 그 사람은 순식간에 화면 밖으로 사라졌다. 배달이 밀려 있는 오후 세 시의 택배 기사처럼, 아니면 누군가와 맞닥뜨리는 일을 피하려는 사람처럼.

그녀는 조심스레 현관문을 열어보았다. 벽에 쇼핑백 하나가 세워져 있었다. 쇼핑백은 제법 묵직했다. 안을 들여다보았다. 내용물은 송이버섯 상자였다. 자연산 1킬로그램. 얼핏 봐도 버섯 갓의 두께가 퍽 두꺼웠다. 백화점 가격이라면 2, 30만 원은 족히 넘으리라 추측되었다. 보낸 이의 흔적은 어디에도 없었다. 쇼핑백 바닥을 탈탈 털어보았지만 명함도, 조그만 카드 같은 것도 보이지 않았다.

은석 엄마의 얼굴과 지수 엄마의 얼굴이 동시에 떠올랐다. 유강의 집에서 보낸 걸지도 몰랐다. 어느 쪽이든 뇌물이었다. 그러나 이름이 없다는 점이 이상했다. 뇌물성 선물을 보내면서 구태여 제 이름을 감추는 이는 없지 않을까. 어쩌면 학폭위 따위와 상관없는 순수한 선물일지도 몰랐다. 신호음이 열 번쯤 울리고서야 무원은 전화를 받왔다. 바깥인지 주위가 어수선했다.

"송이?"

그는 커다랗게 반문했다. 그런 것을 선물로 보내올 곳은 없다고 했다.

"이름 적혀 있어?"

"무슨 이름?"

"받는 사람 이름."

"아니, 없는 것 같은데."

세영은 자신 없게 중얼거렸다. 실은 보낸 사람의 이름을 찾는 데 골몰하느라 받는 사람 이름이 있는지는 면밀히 살피지 않았다.

"없을 거야."

"흠."

그녀가 문장의 어미를 바꾼 것을 눈치챘는지 무원은 짧은 한숨을 쉬었다.

"그럼 잘못 온 거네."

그녀가 답을 하려 하기 전에 무원은 나중에 통화하자며 먼저 전화를 끊어버렸다. 20분 정도 흐른 후에 무원 쪽에서 다시 전화를 걸어왔다. 이번에는 주위가 조용했다.

"그거, 혹시 뜯은 건 아니지?"

"미쳤어?"

"잘못 온 거니까 뜯지 마."

설마 그걸 뜯을 거라고 생각하다니 사람을 어떻게 보는 걸까. 명령 같은 그의 말투에 세영의 기분은 더 나빠졌다.

"나도 알아."

세영이 대답을 채 끝내기 전에 무원은 또 먼저 전화를 끊어버렸다.

　무원은 대부분의 시간을 다른 지방에서 지냈
다. 그는 영동嶺東의 작은 호텔에서 대표이사 없
는 전무이사라는 직함을 가지고 일했다. 거기서
정확하게 어떤 업무를 보는지는 세영도 잘 몰랐
다. 투숙객들의 예약을 확인하거나 체크인 업무
를 하거나 주차 안내를 하지는 않을 테니, 주로
아랫사람들의 보고를 받고 결재를 할 것이었다.
그런 일이라면 주말에는 집에 와도 큰 상관 없을
텐데 그는 한 달에 한 번이나 두 번, 근처에 일이
있을 때나 집에 들를 뿐 주말도 없이 그곳에 머물
렀다.

"혹시 누구 생긴 거 아니야?"

언젠가 약국에 놀러 왔던 윤주가 농담처럼 한 마디 던졌다. 예나 지금이나 윤주는 궁금한 건 직설적으로 묻고 보는 성격이었다.

"몰라."

세영의 반응이 심드렁해 보였는지 윤주가 다시 물었다.

"걱정 안 돼?"

그때 자신이 고개를 젓는 포즈를 취했던가, 아닐 것이다.

"걱정한다고 뭐 달라지는 게 있나?"

세영의 말에 윤주가 하긴, 이라고 했다.

"무원이 그럴 스타일은 아니지. 귀찮음도 겁도 많잖아."

윤주는 세영만큼 오랜 기간 무원을 알고 지냈다. 세영은 무원에 대한 윤주의 평가에 전부 동의하는 것은 아니었다. 옛 친구들이 아는 무원과, 그녀가 아는 무원 사이에는 몇 뼘의 간극이 있었다. 무원은 언젠가부터 차츰차츰 다른 존재가 되어갔다. 몇 해 전까지만 해도 무원은 한국사학과

대학원의 박사과정을 수료하고 두어 군데 대학에서 강의를 하며 대한제국 말기에 대한 논문을 마무리 짓기 위해 애쓰고 있었다. 그가 지방 호텔의 주인이 되는 것은 누구도 예상하지 못한 미래였다. 그의 아버지는 한때 사채업을 했던 사람으로 전국 곳곳에 많은 땅과 사업장을 가지고 있었다. 사후에도 자세히 밝혀지지는 않았지만 별 연결 고리 없이 전국에 퍼져 있는 사업장들은 사채업자 시절의 전리품일 거라고 추측되었다. 그의 여러 아들들 가운데 하나인 무원은 자라면서 아버지가 부자라는 사실을 크게 실감하지 못했다고 했다.

아버지 사후 무언가를 물려받을 줄은 알았지만 제 몫이 그 호텔이리라곤 예측하지 못했다. 그의 형제나 친척들은 무원이 상속받은 것이 호텔 건물이 아니라 호텔 대지라고들 생각했다. 부동산에서도 대지 지분에 대해서만 이야기했다. 그들은 무원이 당연히 호텔을 현금화시킬 거라고 추측했다. 땅을 팔고 상속세를 내고 나면 수도권에 작은 건물 두엇은 살 수 있을 거라고 했다. 합리적인 판단을 하는 성인이라면 열에 아홉은 같은 생각을 했을 것이다. 적당한 매수자를 소개해주겠다는 부동산 업자들도 여럿 다가왔다. 그런데 무원은 의외의 선택을 했다. 그는 직접 경영을 해보겠다는 의사를 밝혔다.

"어쩌려고?"

세영이 탄식처럼 뱉은 물음에 그는 눈을 마주치지 않으며 웃었다.

"재미있을 것 같지 않아?"

"아니."

"왜?"

"한 번도 안 해본 일이잖아."

"그러니까 재미있을 것 같아."

그는 거듭 강조했다. 세영은 진심으로 어이가 없었다. 그들의 자산이라곤 결혼할 때 무원의 아버지가 넘겨준, 언제 재건축이 될지 요원한 작은 아파트와 절반 이상 대출 받아 갓 개업한 약국의 보증금이 전부였다. 적금이나 보험 같은 것은 전무했다. 한 달 생활비의 대부분은 세영이 버는 것으로 충당했고, 무원의 아버지가 부정기적으로 찔러주는 봉투를 헐어 급한 펑크를 막곤 했다.

"난 이제 뭔가 좀 달라지는 줄 알았어."

세영의 말이 못마땅했던 걸까. 무원은 그러니까 이러려는 게 아니냐고 다소 퉁명스럽게 대꾸했다. 그 호텔의 재무구조가 어떤지 수익은 어떤지 자세히 알아본 뒤 결정해야 하지 않겠느냐고 세영이 말하자, 무원은 충분히 알아보고 결정하는 거라고 맞섰다. 무원의 결심은 생각보다 확고했다.

세영은 지금껏 딱 한 번 그 호텔에 가보았다.

무원이 그곳에 내려가고 얼마 지나지 않아서였다. 호텔은 언덕 위에 있었다. 유일한 장점은 모든 객실이 바다 쪽으로 난 유리창을 가지고 있다는 것이었다. 가장 비싼 방에서도, 가장 저렴한 방에서도 투숙객들은 창문의 커튼을 젖히기만 하면 툭 트인 바다를 적당한 거리에서 내려다보는 호사를 누릴 수 있었다.

"전망이 좋네."

그곳에 머문 두어 시간 동안 세영은 그 말을 네댓 번 이상 했을 것이다. 그 외에는 특별히 할 말이 없었다. 외관은 형편없이 낡았고 내부는 그 정도가 더 심했다. 낡아버린 것의 흔적은 감출 수 없는 법이다. 복도에는 언제부터 있었는지 알 수 없는 붉은색 융 재질의 카펫이 깔렸는데 군데군데 쥐가 갉은 흔적처럼 구멍이 나 있었다. 준성수기에 해당하는 시즌이었는데도 로비에는 개미 새끼 한 마리 지나가지 않는 듯이 고요했다. 로비의 여자 화장실 타일에는 곰팡이가 피어 있었고, 세면대엔 반쯤 남은 알뜨랑 비누가 놓여 있었다. 페이퍼타월 케이스 안은 텅 비어 있었다. 세영은 젖은 손바닥을 치마에 쓱 문질러 닦아야 했다.

무원이 자신의 방을 보여주겠다고 했다. 그들이 로비 승강기 앞에 서자 멀리서 검은 양복을 입은 남자가 달려와 버튼을 눌러주었다. 피부색이 어둡고 늙수그레한 남자였다. 무원이 그 남자를 세영에게 소개했다.

"매니저님이셔. 이 호텔이 문을 열 때부터 계셨던 분이야."

'분이래'가 아니라 '분이야'라고 하는, 그 차이가 세영의 귀에 인상적으로 와 박혔다. 남자가 허리를 꺾으며 공손하게 인사했다.

"선친께서 오셨을 때도 늘 제가 모셨지요."

그때 무원이 한쪽 입꼬리를 아주 살짝 들면서 미소 지었다. 세영이 처음 보는 표정이었다. 승강기가 도착하자 남자는 그들이 안전하게 올라탈 때까지 열림 버튼을 잡아주고, 문이 닫히기 전에 다시 한 번 허리를 꺾어 인사했다. 무원이 기거하는 방은 보통의 객실 중 하나였다. 역시 바다가 내려다보였지만 측면 위치에 있어서 이 건물에서 가장 뛰어난 전망이라고는 할 수 없었다.

"바다가 좋네."

세영은 열의 없이 중얼거렸다.

"좋아. 계속 보고 있어도, 아직까지는."

"여기서 계속 지낼 거야?"

"당분간은."

"지내기 불편하진 않아?"

"아니. 불이 좀 어두웠는데 설비실에서 간단히 전기 공사를 해줬어."

무원이 스위치를 누르자 방 안이 환해졌다.

"응. 밝다. 호텔 방치고는."

밝아져서 낡은 가구와 집기의 상태가 더 자세히 들여다보인다는 말은 하지 않았다.

"편히 앉아."

무원이 소파를 가리키며 말했다. 2인용이라고는 하지만 어른 두 사람이 앉으면 금세 불편해질 작은 소파였다. 2인용이어도 애초에 한 사람을 위해 설계된 듯했다.

"응."

세영은 무원이 권하는 대로 엉덩이를 붙이고 앉았다. 무원은 맞은편 침대에 올라앉았다. 적막하고 불편했다. 침대 헤드에 등을 기대앉은 무원은 전혀 불편해 보이지 않았다. 그녀는 자신들이 처음 숙박업소에 함께 들어온 젊은 연인이 아니라, 출장지 휴식 시간에 뜻하지 않게 덜렁 남겨진 직장 동료 같다고 생각했다. 설렘도 낯섦도 첨가되지 않은 기이한 어색함이 둘 사이를 에워쌌다. 자고 갈 마음도 없었지만 농담으로라도 무원은 붙잡지 않았다.

"밥 먹고 가. 저 아래 물회 잘하는 식당 있어."

"나 날생선 먹으면 자꾸 배탈 나는데."

"그래. 그랬지. 그럼 매운탕 먹을래? 그것도 잘
해."

그날 그들은 바다가 보이는 음식점에서 매운탕
을 먹었다. 창밖으로 바다가 보이는 것은 이 지역
에선 전혀 특별한 일이 아니라는 걸 알았다. 매운
탕 양념은 세영의 입맛에는 너무 짜고 매웠다. 무
원은 뜨거운 국물에 비벼 밥 한 공기를 거뜬히 비
우곤 한 공기를 추가했다. 그녀가 만든 떡볶이에
고춧가루만 한 스푼 더 넣어도 맵다고 인상을 쓰
던 사람이 맞나 싶었다. 그날 무원과 무슨 이야기
인가를 나누기는 했는데 세영의 기억에는 전혀
남아 있지 않았다.

그 뒤 세영은 다시 그곳을 찾지 않았다. 약국
일과 도우를 혼자 챙기는 일로 지독하게 바빴다.

4

　새 학기, 도우가 학급 반장이 되었다는 사실에 무원은 무척 기뻐하는 듯했다. 그런 것에 별 의미를 두지 않는 줄 알았는데 아닌가 보았다. 세영의 입장은 조금 달랐다. 마냥 편히 웃을 일은 아니었다.

　"담임 선생님한테 엄마 일한다고 말씀드렸어?"

　도우가 고개를 저었다. 무원이 끼어들었다.

　"그걸 왜 말해?"

　"그런 게 있어."

　"그런 게 뭔데?"

　"안 좋아할 수도 있다고."

"누가?"

"학교에서나 다른 학부모들이나."

"왜?"

"바쁘니까."

무원이 아랫입술을 내밀었다. 세영이 하는 말이 무슨 의미인지 정확히 이해하지는 못한 것 같았다.

"쓸데없는 소리."

그가 중얼거렸다. 무원의 입에서 나오는 말 중 세영이 손에 꼽을 만큼 싫어하는 말이었다. 세영이 도우를 따라 전교 학부모회의의 위원이 되어야 한다는 사실을 알게 되었을 때에도 무원은 새삼스러운 관심을 보였다.

"정식 명칭이 뭐지? 학부모회야? 어머니회야?"

그녀는 학교에서 온 공문을 다시 확인하고 '학부모회'라고 대답했다.

"그런데 왜 엄마들만 하는 거지?"

"글쎄, 그냥 관행 아닐까."

"성차별이군."

무원은 냉소적으로 중얼거렸다. 세영은 그의

말이 왠지 부적절하게 여겨졌으나 토를 달지는 않았다. 대신 무원에게 혹시 그 일을 맡고 싶은지 물었다. 학교 측에서 가능하다고만 한다면 얼마든지 양보할 용의가 있었다.

"내가 어떻게 해, 여기 있지도 않은데. 그냥 이상해서 물어본 것뿐이야."

훗날, 세영은 몇 번이고 이날의 대화를 복기해보았다. 아주 작고 사소해 보였던 순간들을 거듭 거듭 되돌려서, 그 어딘가에 깃들어 있었을지 모를 복선들을 찾아내고 싶어서였다. 뒤늦게 발견한다 해도 돌이킬 수 없지만, 복선처럼 느껴지는 순간이 거기 있었다는 걸 알고 나면 마음이 조금 놓일 것도 같아서……. 안 일어날 일이 일어난 건 아니구나, 라는 체념 같은 것이 단 몇 초라도 자신의 영혼을 감싸 안아주기를 바라면서…….

만약 그때 무원이 대신 학부모회에 참석하겠다고 나섰다면 혹시 무언가가 달라졌을까? 무원이 대신 학교폭력대책자치위원이 되었다면 무언가가 달라졌을까? 어쩌면 세영이 간절하게 듣고 싶은 대답은 그것이었다.

5

저는 현구중학교 2학년 1반 양은석입니다. 저는 지난 6월 3일 수업이 끝난 뒤 학교 신관 3층 남자 화장실에서 같은 반 친구 차지수와 함께 유강을 놀리고 장난을 쳤던 사실이 있습니다. 그 사실은 인정하고 반성합니다. 잘못했다고 생각합니다. 하지만 저는 강이를 괴롭히려는 목적으로 일부러 그런 것이 아닙니다. 유강과 차지수와 저는 원래부터 삼총사로 친하게 지냈고 평소에도 그 비슷한 장난을 많이 쳤습니다. 맨 처음에 먼저 그런 장난을 시작했던 것은 강이였던 것으로 기억합니다. 저희는 그저 장난을 치는 거였습니다. 그

것은 강이가 더 잘 알고 있을 겁니다. 평소에는 주로 강이와 지수가 장난을 쳤고 저는 거의 구경만 했었습니다. 그런데 그날은 지수가 먼저 강이를 뒤에서 잡으라고 했고 저는 지수가 시키는 대로 붙잡았던 것뿐입니다. 강이가 몸을 막 빼다가 실수로 다치게 된 것입니다. 저는 평소처럼 다 장난인 줄 알았고 강이가 그렇게 괴롭게 생각했다는 건 몰랐습니다. 카톡에서 욕을 한 적도 있지만 저는 강이와 친하다는 생각에 편하게 생각해서 그런 것이고 친구들끼리 원래 장난으로 하는 말이었습니다. 상처를 주려고 일부러 그런 것은 정말로 아니었습니다. 그것도 지수가 먼저 시작하고 저에게도 하라고 했기 때문에 그렇게 한 것입니다. 저는 이번 일을 가슴 깊이 반성하고 앞으로 친구와 더욱 친하게 지내겠습니다. 유강에게 진심으로 사과하고 싶고 앞으로는 친구를 괴롭히고 장난치지 않겠습니다. 정말 잘못했습니다. 한번만 용서해 주시면 다시는 그러지 않겠습니다.

학폭위 사전 모임에서 받은 자료 파일에는 양

은석의 자술서 복사본이 첨부되어 있었다. 뒷장에는 차지수의 자술서가 있었다. 양은석의 글과 차지수의 글은 한 명이 대필했나 싶을 만큼 글씨도 내용도 비슷했다. 세영이 그 애들의 보호자였다면 더 똑똑한 사람에게 대필을 부탁했을 것이다. 평소에 스스럼없이 쳤던 장난이라는 것, 그 장난이 무엇인지 명확히 밝히지 않고 두루뭉술하게 넘어가는 것, 그 장난은 유강이 먼저 시작했다는 것도 짜고 쓴 듯 똑같았다. 양은석은 차지수가, 차지수는 양은석이 시켜서 했다고 서로에게 결정적인 책임을 미루는 태도도 같았다.

학폭위에서 내리는 징계는 아홉 가지로 나뉘었다. 1호 피해 학생에 대한 서면 사과, 2호 피해 학생 및 신고 고발 학생에 대한 접촉 협박 및 보복행위 금지, 3호 교내 봉사, 4호 사회 봉사, 5호 학교 내외 전문가의 특별 교육 이수 및 심리 치료, 6호 출석 정지, 7호 학급 교체, 8호 전학, 9호 퇴학 처분. 9호는 의무 교육인 중학생에게는 해당되지 않기 때문에 학폭위에서는 8호의 징계가 가장 큰 벌인 셈이었다. 가해자 측에서 간절히 원하는 건 1호, 2호,

3호, 최대한 양보하여 7호까지였다. 피해자 측에서 강력히 요구하는 건 무조건 8호였다. 1호, 2호, 3호, 7호는 생활기록부의 행동특성 및 종합의견란에 기재되지만 졸업과 동시에 삭제가 가능했다. 그러나 나머지 4호, 5호, 6호, 8호의 징계를 받은 경우에는 학적 사항에서 지울 수 없고 계속 꼬리표처럼 남아 있게 된다. 학적부를 제출해야 하는 자사고, 외고, 과학고 등의 입시는 치를 수 없다고 보면 되었다.

남의 인생에 그렇게까지 개입하고 싶지는 않다는 것이 세영의 솔직한 심경이었다.

동네 약국은 자칫 소문의 허브가 될 수 있는 곳이다. 이런저런 소문들은 한발 빠르거나 한발 늦게 세영의 귀에 도착했다가 증발해갔다. 차갑거나 속을 알 수 없는 약사라는 평판을 얻더라도 귀는 적당히, 입은 철저히 닫고 지내야 생존할 수 있었다.

"요즘엔 학교에 무슨 일 없어요?"

드링크제나 밴드 같은 것을 사러 들른 안면 있

는 이가 불쑥 물으면 "몰라요. 무슨 일 있대요?" 세영은 되묻고는 했다. 그것이 안전한 방법이었다.

강이와 그 가족에 대해 처음 들은 것도 약국에서였다.

"그 학년에 누가 전학 왔다면서요?"

감기약을 지으러 온 한 여자가 불쑥 물었다. 딸아이가 도우보다 두 살 위라서 마주치면 인사나할 뿐 깊은 얘기를 나누어본 적은 없었다.

"그래요? 저희 애는 통 얘기를 안 해서."

"3동으로 이사 왔대요. 근데……."

여자는 목소리를 낮추지도 않은 채 말했다.

"묘해요. 부모가 뭔가 평범하진 않다고."

"그래요?"

"그 집 딸내미하고 같은 반이던데 약사님은 통 모르시네요?"

그 후로도 한동안 강이 이야기가 들려오곤 했다. 더 정확히 말하면, 강이네 집 이야기였다. 보통의 집과는 좀 다른 집. 달라 보이는 집. 초등학교 때부터 비교적 편히 모이는 모임에서는 더 구체적인 정보를 접할 수 있었다. 강이는 부모와 함께 살지 않고, 조부모와 함께 산다고 했다. 그 '평범치 않은 부모'가 실은 할아버지 할머니인 모양이었다. 친가 쪽인지 외가 쪽인지는 사람마다 말이 엇갈렸다. 부모가 갈라서면서 아이를 '떠맡겼다'는 말만은 공통적이었다.

"그 할머니 봤어요?"

"응, 내가 본 건 보라색."

사람들은 입을 가리고 웃기부터 했다.

"그냥 보라가 아니라 아주 진한 보라 있잖아요. 그 컬러를 뭐라고 부르지?"

그 여자는 머리에는 진보라색 모자를 쓰고 진보라색 렌즈의 선글라스를 쓰고 진보라색 투피스를 입었다고 했다. 물론 입술에는 같은 색의 립스틱을 발랐다.

"신발도?"

여전히 키득거리며 누가 물었다.

"당연하죠. 진보라색, 심지어 리본까지 달린 벨벳 구두였다니까요."

"세상에."

이런저런 목격담이 이어졌다. 이야기를 종합하면 유강의 할머니는 집 밖에 나설 때 몸에 걸친 모든 의복의 색을 하나로 통일하는 사람이었다. 빨주노초파남보는 기본이었고, 형광연두색, 형광 핑크색, 재색, 골드브라운색 등등 색깔의 스펙트럼도 다채로웠다. 가방과 신발, 양말, 액세서리는 물론이고 손발톱에 에나멜 색까지 하나로 맞춘다고 했다.

"그 정도면 강박증 아닌가?"

"그렇겠죠?"

"그럴 땐 어떤 약을 먹어야 해요, 약사님?"

갑작스런 질문이 세영을 향해 날아왔다. 농담의 의도가 다분한 질문이니 비슷한 농도의 답으로 받아주어야 할 터였다. 일반적으로 임상에서는 선택적 세로토닌 재흡수 차단제인 플루옥세틴 등을 쓸 것이고 알프라졸람 같은 항불안제를 함께 처방할 것이다.

"보통은 뭐 프로작 같은 거겠죠."

세영은 한껏 힘을 빼고 대답했다.

"아 그거!"

한 번쯤 들어봤음직한 제품명이 나오자 몇몇이 반색했다. 알지도 못하는 유강의 할머니라는 사람에게 세영은 공연히 미안한 마음이 들었다.

"그 집 애가 참 착하더라. 단지 안에서 할머니 손 꼭 잡고 다니더라고요. 우리 집 애들 같으면 옆에도 못 오게 할 텐데."

"손을 애가 잡나요, 할머니가 붙들고 다니는 거죠. 저번에 보니까 중학생 애한테 세 살짜리 대하듯 하던데."

"그치, 사실 너무 그러면 애 입장에선 힘들지."

어떤 말들은 그 위에 티끌 하나 날아와 앉기만 해도 와르르 무너질 것 같다. 세영은 더는 말을 보태지 않았다. 강이도 그 할아버지도 실제로 만날 기회는 없었다. 약사는 기다리는 직업이었다. 손님을 선택할 수 없었다. 누가 문을 열고 들어올지, 들어오지 않을지 알 수 없었다. 한참 동안 아무도 오지 않으면 마음 한편이 불안하면서도 이대로 쭉 아무도 오지 않으면 좋겠다 싶었다.

유강의 할머니는 그런 날 늦은 오후에 왔다. 아침부터 비가 많이 내리고 날이 궂어서 유난히 손님이 없었다. 세영은 일없이 케이블티브이의 예능프로그램을 눈으로 좇고 있었다. 연예인들이 두 팀으로 나뉘어 해외의 관광지를 돌아보는 프로그램이었다. 한 개그맨이 후쿠오카에서 가장 맛있다는 라멘집의 유리문을 밀고 들어가는 장면이 나오는 순간 현실에서도 약국의 유리문이 열렸다. 사람보다 먼저 들어선 건 우산이었다. 물방울들이 사정없이 뚝뚝 떨어지는 우산, PVC비닐 재질의 투명우산이었다. 우산이 접히자마자 곧바로 세영은 방금 들어온 손님이 누구인지 알 수 있었다.

오늘은 갈색의 날이었다. 고동색 바탕에 빨간 물감을 조금 섞어놓은 것 같은 갈색이었다. 여자는 빳빳한 재질의 갈색 셔츠를 입고 그 위에 길고 얄따란 갈색 레인코트를 걸쳤다. 하의로 입은 것은 몸에 적당히 붙는 갈색 7부 바지였다. 신발은 갈색 레인부츠였다. 막상 눈으로 직접 보니, 소문으로 들어온 것만큼 이상하지는 않았다. 여자는 연배에 비해 훌쩍 키가 크고 야윈 체형이었다. 다른 날은 어떨지 몰라도 오늘의 복장은 독특하면서도 어쩐지 그럴싸하다는 인상을 주었다. 그럴싸한 것과 우스꽝스러운 것은 어떻게 다를까. 세영은 여자에게 목례를 건넸다. 다른 손님들에게 하는 것과 다를 바 없는 인사였다.

"여기가 아파요."

낮고 쉰 목소리였다. 여자는 이마를 찌푸리며 오른손 검지로 관자놀이를 지그시 눌렀다. 왼손에 들고 있는 우산에서는 빗물이 계속 뚝뚝 떨어져 내렸다.

"따따구리 한 마리가 들어앉아서 쫘대는 것 같아요."

딱따구리를 뜻하는 듯했다. 세영은 편두통 약을 찾아 건넸다.

"저기요. 약사님."

세영이 단말기에 카드를 끼우는 모습을 보고 있던 여자가 문득 세영을 불렀다.

"사람이 여기가 너무 답답해도 그럴 수가 있나요?"

여자는 손바닥을 펼쳐 가슴에 댔다. 빗장뼈 조금 아래였다.

"내가 여기 가슴속이 하도 답답해서, 그래서 혹시 머리까지 아픈 건가 하고요."

"글쎄요."

전문가로서 세영은 이런 경우에 적절한 답안을 준비해두고 있었다.

"요즘 신경 쓰이는 일이 있으신가 봐요. 어떤 증상의 원인은 여러 가지일 수 있으니까 계속 그러면 나중에 검사를 한번 받아보시는 게 좋을 것 같아요."

무책임해 보이지 않으면서 사후 곤란을 당하지 않을 만한 선을 지키는 것이 중요했다. 여자는 고개를 깊이 주억이고 뒤돌아섰다. 안과 밖의 경계에서 여자는 문을 밀며 동시에 우산을 펼쳤다. 그새 빗발이 더 굵어져있었다. 장대비 속을 뚫고 가기에 그녀의 우산은 너무 허술해 보였다. 투명한 비닐은 아무 색도 아니었고 이 세상의 모든 색이 스치듯 담겼다가 이내 흩어졌다. 세영은 멀어져가는 여자의 뒷모습이 초겨울 나무를 닮았다고 생각했다.

쉬쉬하려 드는 학교의 입장에 아랑곳없이 이번 일에 관한 소문도 동네에 광범위하게 퍼진 것 같았다. 며칠 전에는 부부로 보이는 남녀가 약국에 왔다. 둘 다 목소리가 커서 조제실에서도 그들의 대화 소리가 들렸다.

"그 우리 동 애가 피해자야, 가해자야?"

"몰라. 뭐 이런 일에 사실 피해, 가해를 딱 나눌 수 있나."

"맞다. 그게 원래 먼저 신청하는 쪽이 피해자라니까. 저번에 왜 박 부장네 애도 같이 싸워놓고서는 저쪽에서 갑자기 그렇게 나와서 개고생했잖아."

"그럴 수도 있고."

"어떤 집 애지?"

"있잖아. 10층 커플."

"아······."

남자가 짝, 박수를 쳤다.

"온몸에 용 문신한 노인네 말이지?"

"응. 깔맞춤 할머니랑. 그 집 애라니까."

"대박. 야 그 집 애라면 어디 가서 막 당하고 다

닐 것 같진 않다."

"그치?"

부부의 대화는 웃음으로 끝이 났다. 그들의 이
야기를 듣는 동안 세영은 두 가지 점에서 놀랐
다. 하나는 부부 사이에 대화가 담방담방 사이좋
게 이어진다는 점, 또 하나는 유강의 할아버지가
용 문신을 했다는 점이었다. 이틀 전에 팔뚝에 그
런 것을 새긴 사내가 약국에 다녀갔다. 조제실에
서 언뜻 본 것이라 확실하지는 않지만, 팔뚝에 문
신을 한 장년의 남자가 아르바이트생인 병희 씨
에게 무언가를 사고 현금으로 셈을 치렀다. 유강
의 할아버지가 문자메시지를 보내오는 것으로도
모자라 직접 약국에 찾아왔다는 사실은 세영에게
조용한 충격이었다. 약국으로 찾아온 건 피해자
쪽만은 아니었다. 차지수의 엄마는 약국 문을 막
열자마자 쑥 들어왔다.

"잠을 통 못 자서요. 잠 오는 약 좀 없을까 하
고."

그녀의 한의원은 아파트 단지를 기준으로 볼
때 세영의 약국과 반대편이었다. 더구나 불면증

문제라면, 한의술로도 어느 정도 해결할 수 있을 거였다.

"아시겠지만 수면제는 처방이 있어야 해요. 어떻게, 유도제라도 드릴까요?"

마음 같아서는 자신이 모아놓은 졸피뎀이라도 좀 나눠 주고 싶었으나 세영은 시치미를 떼고 적당히 사무적으로 물었다. 어설피 아는 척은 금물이었다.

"도우는 잘 있죠?"

"네, 뭐."

세영은 그 여자의 시선을 맞받을 수가 없었다.

"지수랑 도우가 참 친했었는데."

밑도 끝도 없는 말이었다. 세영의 기억으론 도우는 지수와 친한 적이 없었다. 한때의 시간을 공유한 적 있다는 것과 친하게 지냈다는 것은 완전히 별개였다. 지수는 생각을 정리하기 전에 먼저 움직이는 성급한 성격이었다. 신중하고 정적인 도우와 잘 맞을 리 없었다. 초등학교 4학년 이후엔 성별이 다른 친구들과의 사이에는 어떤 보이지 않는 선이 생긴 듯도 했다. 그나마 도우는 자신과 비슷한 성향의 남자아이들 옆에서는 상대적으로 편안해하는 눈치였다.

"예전에 국기원에 심사 받으러 갔을 때 도우네 차 탔었잖아요. 지수가 그 얘기 가끔 해요. 엄청나게 더운 날이었는데 차에 타자마자 도우 어머니가 시원한 비타민 음료 주셨다고, 꿀맛이었다고."

"그랬었나요."

"도우 어머니, 제가 하는 얘기 이상하게 들릴 줄 알지만……."

그녀의 말을 막고 싶었지만 세영은 잠자코 있어야 했다.

"지수도 그 애 때문에 많이 힘들어하고 아파했어요. 이런 편견 안 좋다는 거, 저도 잘 아는 사람입니다. 그렇지만 예민한 나이에 부모 없이 자라는 게 쉽지만은 않겠죠. 친구들한테 집착하고 조종하려 하고 제멋대로 안 되면 거짓말하고……. 그 애도 불쌍하고 안됐어요. 그렇지만 이건 정말 아니에요. 이대로 가면 옳지가 않아요. 또 다른 억울한 피해자가 생겨요."

억울한 피해자가 지수라는 걸까. 다행히, 손님이 문을 열고 들어서기 직전에 지수 엄마는 말을 멈추었다. 지수 엄마는 수면제도, 수면 유도제도 구하지 못한 채 황황히 약국을 떠났다.

6

출근길, 윤주에게 생일 축하 전화가 걸려오지
않았다면 마지막 순간 세영은 다른 선택을 했을
것이다.

"생일 선물로 원하는 거 없어?"

"약국 좀 봐줄래?"

"오케이. 언제?"

"오늘."

"뭐?"

"진짜야."

세영의 목소리가 너무 진지했는지 윤주의 목소
리도 덩달아 높아졌다.

"왜? 무슨 일 있어?"

"그냥 복잡해."

솔직한 마음이었다.

"약국 문 안 여는 게 가장 좋겠지만, 병원 약 조제 환자들이 있어서 그럴 수는 없고."

"너 정말 무슨 일 있구나?"

윤주가 흥분했다. 세영은 깨달았다. 윤주를 납득시키면 학폭위도, 학교도, 세상도 납득시킬 수 있다는 것을. 세영이 호흡을 가다듬기도 전에 윤주가 대뜸 소리쳤다.

"도우 아빠 일?"

"응? 으응."

"어머! 세상에!"

윤주의 거침없는 상상을 세영은 가만히 놓아두었다.

"일이 날 만도 하지. 그럴 줄 알았어. 혼자 그렇게 객지에서. 야야 얼른 준비하고 가봐. 내가 바로 뛰어갈게. 아, 이따 도우 나한테 전화하라고 해. 오늘 밤에 내가 챙길게."

돌연 활기와 흥분 속으로 빨려 들어간 윤주에

게 세영은 빠르게 전염되었다. 무원을 만난 것도 윤주 때문이었다. 대학 동기인 윤주와는 입학하자마자 자매처럼 친하게 지냈다. 학교와 집만 왔다 갔다 하던 그녀와 달리 윤주는 여러모로 재미있게 살았다. 그 시절에 재미있게 살았다는 뜻은 재미있는 친구들이 많았다는 뜻이다. 윤주가 맺는 인연들의 시작은 잘디잘았고, 대개 술이 매개였다. 남자친구와 헤어졌다는 이유, 시험을 망쳤다는 이유, 엄마와 싸웠다는 이유, 이유를 위한 이유들로 윤주는 자주 필름이 끊기도록 취했다. 취하기만 하면 엉엉 울었다. 통곡하다가 갑자기 한 손으로 입을 막고는 화장실로 뛰어가곤 했다. 오바이트가 끝나면 못다 운 울음을 마저 울었다. 자연히 술집 화장실에 머무는 시간이 많았다.

어느 날 또 술집에서 울다가 사라진 윤주는 한참 동안 돌아오지 않았다. 걱정스러운 마음에 세영이 화장실 문을 열어 보니 그녀는 양변기 앞에서 웩웩거리고 있었다. 익히 봐온 풍경이었다. 그런데 다른 점이 있었다. 누군가 윤주의 등을 두드려주고 있었다. 토하지 않고는 못 배기게끔 정성

어린 손길이었다. 모르는 여자였다. 정신을 차려
보니 세영과 윤주는 그 모르는 여자의 테이블에
어느새 합석을 한 뒤였다. 그 테이블에 있던 여럿
중 하나가 무원이었다. 그녀가 누구인지 모르는
건 무원도 마찬가지였다. 무원은 그날 저녁 집에
가다 우연히 고교 동창을 만났다고 했다. 처음엔
호젓하게 둘이 마시던 자리였는데, 2차, 3차로 넘
어가다 보니 친구의 친구의 친구까지 모인 술자
리로 커졌다는 거다. 어쩌다 무원과 세영은 옆자
리에 앉게 되었지만 서로 의도한 바는 아니었다.
무슨 의도 같은 것을 가질 수 없을 만큼 둘 다 많
이 취한 상태였다. 그들이 어쩌다 전화번호를 주
고받은 건지, 번호를 적은 쪽지를 분실하지 않은
건지 알 수 없는 노릇이었다.

　세영은 종종 그 시절의 윤주에 대해 생각해보
곤 했다. 그 시절의 윤주는 1년에 300일은 술을
마셨는데, 술을 마시면 늘 울었는데, 도대체 왜
그 300일 중의 단 하루 때문에 자신의 삶이 달라
지게 된 걸까? 나머지 299일은 어디로 간 걸까?
그때 토하는 윤주의 등을 정성껏 두드려주었던

그 오지랖 넓은 여자는 누구였을까? 그 작고 동그란 주먹이 만들어낸 역사에 한 남자와 한 여자의 생이 이토록 길고 지루하게 붙들려 있다는 사실을 그녀는 꿈에서라도 짐작이나 할까?

스물한 살에 사랑했던 사람과 마흔네 살에도 꽁꽁 엮인 채 살아가고 있다는 건 생각보다 지독한 농담이었다. 세상에 통용될 수 있는 유일한 평계가 그 사람뿐이라는 것도.

—정말 죄송합니다. 멀리 있는 남편에게 일이 생겨 급히 내려가게 되었습니다. 갑자기 오늘 회의에 불참하게 되어 진심으로 죄송하다는 말씀 드립니다. 다른 분들께도 대신 말씀 잘 전해주시길 부탁드립니다. 그쪽 일 수습되는 대로 다시 연락드리겠습니다.

세영은 교감과 부장 교사에게 같은 내용의 문자를 전송했다. 마지막 순간에 '남편'이라는 단어를 '아이 아빠'로 바꾸었다. 그쪽이 한결 절박해 보일 것 같았다. 일방적인 통보처럼 보인대도 어쩔 수 없었다.

약국으로 가려면 단지 앞 사거리에서 좌회전을

해야 했다. 그 갈림길에서 세영은 몇 년 만에 처음으로 우회전했다.

PIN
006

2부

1

무원의 차는 평소처럼, 언덕 오르막길의 중간에 멈춰 서 있었다. 언덕에 난 도로는 1차선이었다. 언덕의 제일 아래쪽에는 산채비빔밥을 주로 하는 식당들이 서넛 모여 있고 거기서 50미터쯤 위로 올라가면 호텔 주차장 입구였다. 거기서 300미터를 더 올라가면 절이 나왔다. 근방에서는 큰 규모의 고찰古刹이었다. 주말이나 행락철에는 특히 붐볐다. 그 때문에 언덕으로 이어진 양방향 2차선 도로는 금요일 오전부터 일요일 오후까지 정체 상태에 빠지곤 했다.

호텔 방문객들과 직원들은 이 점에 불만이 많

았다. SNS나 포털사이트 블로그의 리뷰에는 주차장 진입로의 상습 정체를 문제 삼는 내용이 자주 포함되었다. 안 그래도 별 메리트가 없는 호텔인데 이 부분에 대해 진지한 해결책을 찾지 않으면 곧 문을 닫게 될 게 분명하다며 악담을 던진 네티즌도 있었다. 하지만 무원은 오르막길에 갇힌 듯 서 있는 시간을 좋아했다. 밖에서 보면 마냥 서 있는 것처럼 보이지만 실은 조금씩, 아주 조금씩 가속페달을 밟아 서서히 언덕 위를 오르고 있는 것이다. 그 비밀스러운 느낌은 느리고 진득한 쾌감을 동반했다. 핸들을 왼쪽으로 틀어 호텔 주차장으로 진입해야 하는 순간에는 아쉬움에 가까운 감정이 느껴질 정도였다.

어렸을 때부터 무원은 아래도 위도 아닌, 처음도 끝도 아닌 중간 과정을 좋아했다. 레고 블록을 맞출 때에도 완성된 모양을 가정하고 시작한 적이 없었다. 낱개로 흩어져 있는 블록들을 하나씩 끼워가다 보면 시간의 흐름이 사라지고, 무엇인가가 만들어져 있고는 했다. 그 완성품은 중간에 막연히 짐작하던 모양과는 전혀 다른 것이기 일

쑤였다.

"배가 참 멋지구나."

그가 만든 한 마리의 큰 황소를 어머니는 배라고 착각했다. 아니라고 설명하는 것은 복잡하고 성가신 일이었다. 배면 또 어떻고 황소면 또 어떻겠는가. 어차피 진짜 배도, 황소도 아닌 것을. 무원은 설명이나 해명을 하는 대신 침묵했다. 사람들이 그 침묵을 수긍과 순응의 의미로 해석한다는 걸 성인이 되고서 알았다. 자신에 대해 착하고 순한 인간이라는 평가가 내려져 있다는 것도. 무원은 수긍한 것도 순응한 것도 아니었다. 그저 속에 떠도는 말들을 밖으로 꺼내지 않은 것뿐이었다. 무원이 보기에, 도우는 자랄수록 자신의 모습을 닮아갔다. 내부에서 소용돌이치는 미적지근한 것들을 밖으로 꺼내 표현하는 법을 몰랐다. 꺼내놓지 못하는 소용돌이는 가슴속에서 점점 더 거세게 휘몰아칠 것이다. 도우가 살 세상을 떠올리면 무원은, 납덩이를 넣은 편지 봉투처럼 마음이 무겁고 답답해졌다.

갑자기 앞차가 핸들을 슬쩍 틀어 중앙선을 넘

는 바람에, 두서없이 펼쳐지던 무원의 상념이 뚝 끊겼다. 앞차가 중앙선을 넘어 언덕을 오르기 시작했다. 역주행이었다. 종종 저런 차들이 있었다. 중앙선 너머의 길은 텅 비어 있다. 내려오는 차는 한 대도 보이지 않는다. 아주 잠깐 중앙선을 넘어 1분만 달리면 금세 목적지에 도착할 수 있을 것이다. 그럴듯한 유혹이었다. 그러나 역주행해 언덕을 오르는 차들 중 목적을 달성하는 경우는 2, 30퍼센트에 지나지 않았다. 대부분은 역주행으로 올라가는 차와 제 차선으로 내려오는 차가 정면으로 맞닥뜨리곤 했다. 그러면 방법이 없었다. 규칙을 어긴 차는, 당당히 밀고 내려오는 제 차선의 차에게 길을 비켜주어야만 했다. 후진으로 좁은 내리막 차선을 주행해야 하는 일도 난감하지만, 그러고 나면 원래 차선의 맨 끝으로 가서 붙어야만 했다. 아니나 다를까 앞으로 쭉 올라갔던 앞차는 그 길을 다시 찔끔찔끔 후진으로 내려오고 있었다. 그 앞에는 검은색 카니발이 보란 듯이 위협적으로 전진해 왔다.

호텔 주차장은 한산했다. 무원은 구석에 차를

댔다. 풀벌레 소리 말고는 아무 인기척도 느껴지지 않았다. 주차장은 재작년부터 무인 시스템으로 운영되고 있었다. 초기 투자비용을 들이더라도 쓸데없이 새 나가는 인건비를 줄이는 것이 장기적인 경영 합리화의 시작이라고들 했다. 교대로 근무하던 주차관리원 네 명을 해고해야 했다. 무원이 내려오기 전부터 여기서 오래 일해오던 이들이었다.

그들은 상황을 쉽게 받아들이려 하지 않았다. 그중 둘은 한동안 호텔 앞에서 1인 시위를 하기도 했다. 매일 번갈아가며 '부당 해고 철회하라'라고 적은 피켓을 들고서 주차장 입구에 서 있곤 했다. 무원의 차 앞을 막무가내로 막아선 적도 있었다. 그들은 이제 오지 않지만 무원은 주차장에 들어설 때면 가끔 서늘한 기분을 느꼈다.

그렇다고 극적으로 호텔의 재정 상태가 회복의 길로 들어선 것은 아니었다. 그 반대였다. 지난달에는 주거래 은행에 사정하다시피 하여 담보대출의 기한을 연장했다. 버틸 수 있을 때까지 버티자는 결심을 자주 갱신해야 했다. 차의 시동을 끄고서 무원은 차량용 충전 잭에 연결해놓은 스마트폰으로 손을 뻗었다. 마지막 접속 시간이 호텔을 떠나기 전이었으니 두 시간을 참았다. 이즈음의 결심은 휴대폰을 쥐고 있는 시간을 줄여보는 것이었다.

먼저 포털사이트의 뉴스를 훑었다. 무원은 정치 쪽에는 별로 관심이 없었다. 그의 손가락을 움직이게 하는 것은 사회 뉴스 섹션에 분류되어 있는 각종 사건사고, 경제 및 부동산, 교육계 문제 등이었다. 서울 시내의 아파트값이 상승세를 이어가고 있다는 뉴스가 보였다. 그는 댓글 창을 열고 '집값 잡는다고 큰소리치던 놈들 어디 갔냐'라고 썼다. 관련 뉴스로, 재건축 사업이 정체라는 기사가 따라 떴다. '개인의 사유 재산권이다. 녹물 나오는 아파트 살아봤냐? 새집 살겠다는데 무슨 권리로 막아?'라고 썼다. 지방의 한 국립대 교수들이 무더기로 연구비 횡령 의혹을 받고 있다는 뉴스에는 '전국 교수 비리 전수조사해라'고 남겼다. 그러고도 모자란 것 같아 제 댓글의 댓글로 덧붙였다. 'S대 사학과도 조사해봐라. 눈먼 연구

비 타 먹기 아주 가관이다.' 글을 보내자마자 수정 버튼을 누르곤 '사학과'를 '인문대 모 학과'로 고쳤다. 'S대'라는 표현도 '서울 모 대학'으로 바꿨다.

차창을 조금 열고 담배 한 대를 입에 물었다. 금연을 결심한 지 10년째였다. 결심은 번번이 실패했다. 전자담배는 어쩐지 서글프게 느껴져 시도해보지 않았다. 담배를 몇 모금 빨고 껐다. 그리고 좀 전에 쓴 뉴스 댓글들을 차례로 삭제했다. 그사이 몇 명이나 읽었을까. 세상은 그대로였다.

커뮤니티의 어플을 클릭했다. 그사이에, 새 글 두 개가 올라와 있었다. 첫 글은, 아침에 버스를 타고 가다 우연히 어떤 노래를 듣고 한동안 몸을 정지한 채 앉아 있었다는 내용이었다. 글쓴이는 그 노래가 무엇인지는 적지 않았다. 여러분이 맞혀보세요, 라고 썼다. 댓글을 달려다가 무원은 주춤했다. 지금은 부주의하게 흔적을 남길 때가 아니라는 판단이 들었다. 다음 글은, 대학가에서 신발 가게를 하는 회원의 글이었다. 아침 문 열자마자 들어온 손님이 한 달 전에 사 간 운동화를 교

환해 갔다고 한숨을 쉬었다. 화면 하단의 '마이페이지'에 새 댓글 알림 표시가 들어와 있었다. 누군가 자신이 썼던 글에 댓글을 달았다는 알림이었다.

최근 들어 무원은 새 글을 쓴 적이 없었다. 마지막 글은 지지난 주에 썼다. 딸기에 관한 글이었다. 요즈음의 딸기는 알이 굵고 큼지막하지만 예전의 오종종한 딸기에 비해 맛이 없다는 이야기. 그것이 과육의 문제인지 추억의 문제인지 모르겠다는 내용이었다. 다섯 개이던 댓글이 그사이 여섯 개로 늘어나 있었다. 확인하기 위해 손가락을 움직이다 말고 무원은 문득 동작을 멈추었다.

그런데 정말인가요? 이 모든 것이? 당신이?

그런 문장이 빨간 글씨로 써 있을 것만 같았다.

'버섯 말고 딸기를 사 가야겠네 ㅋㅋ'

그놈이었다. 입맛이 썼다. 무원은 전화기를 주머니에 집어넣고 차 밖으로 내려섰다.

호텔 로비에서 가장 가까운 주차 구역에 흰색 중형차 한 대가 반듯하게 주차되어 있었다. 무척

흔한 모델이었다. 지나치려다 말고 무원은 걸음을 멈추었다. 번호판의 숫자가 낮익었다. 분명히 그랬다. 그건 아내의 차였다. 차 앞 유리창에 자신들의 아파트 스티커가 붙어 있는 것을 직접 확인하고도 무원은 혹시 무언가가 잘못된 건지도 모른다고 생각했다. 저것이 세영의 차라는 것보다, 그녀가 자신에게 말없이 차를 팔았으며 그 차를 구입한 누군가가 우연히 여기 놀러 왔다는 쪽이 훨씬 더 개연성 있는 서사인 것 같았다.

세영에게 전화를 걸었다. 그들 부부는 연락을 자주 하는 편이라고 할 수 있었다. 자주, 라는 표현은 주관적인 것이지만 결혼한 지 15년이 넘는 한국 부부의 평균보다는 확실히 많을 것이었다. 주로 집안의 여러 일들을 의논하는 내용이었다. 그들은 문자메시지나 카카오톡은 거의 하지 않고 주로 통화를 했다. 무원의 전화기의 최근 통화 목록에는 거의 언제나 세영의 이름이 맨 위 칸이나 그 아래에 떠 있었다. 횟수는 많지만 시간은 짧았다. 혹시 우리는 메시지를 보낸 후 상대의 대답을 기다리는 에너지조차 아끼고 싶은 걸까, 무원은 가끔 그런 생각을 하기도 했다. 벨이 일곱 번쯤 울렸을 때 세영이 전화를 받았다.

"어디야?"

세영과 무원이 동시에 말했다. 드문 일이었다.

"어디게?"

세영이 물었다. 무원은 뒤통수가 영 찜찜했다.

"어딘데?"

"맞혀봐."

세영은 웃음기도 없이 말했다.

"여기 온 거야?"

"어, 어떻게 알았어?"

"여기다 차 세워놓고 어디 가 있어?"

"절."

무원은 저도 모르게 절이 있는 방향을 바라보았다.

"왜? 너 천주교잖아."

"내가 무슨. 엄마가 다니는 성당 몇 번 따라간 거지."

"그래도 불교 쪽은 아닌 줄 알았는데."

"뭐 꼭 믿어야 절에 오나. 도우 아빠 없는 것 같

아서 나도 산책 삼아 슬슬 걸어왔어."

"아침에 운동 가잖아."

"맞다. 그랬지."

"전화를 하지, 왜."

"그럴 걸 그랬네."

"밥은?"

"아침에 먹고 왔어."

"안 막혔어?"

"응. 금방 오던데."

세영은 기왕 여기까지 온 김에 대웅전에서 절이나 하고 조금 후에 가겠다고 했다. 무원은 의아해졌다. 무원이 아는 세영은 예측 가능한 패턴 안에서만 움직이는 사람이었다. 매일 아침 비슷한 시간에 약국에 출근하고 비슷한 시간에 퇴근했다. 비슷한 시간에 아이의 저녁을 챙기고 비슷한 시간에 학원 앞으로 아이를 데리러 갔다. 10년 전이나 지금이나 비슷한 음식을 좋아하고 비슷한 음식을 싫어했다. 본인의 장 기능이 안 좋다는 사실을 늘 의식하기 때문에 한여름에도 찬 것을 입에 잘 대지 않았고 맥주도 잘 마시지 않았다. 술을 즐기지 않지만 꼭 마셔야 한다면 차라리 소주를 시켰다. 그가 보기에 그녀는 패턴에서 벗어난 삶을 두려워한다기보다 귀찮아하는 사람이었다.

그런데 정말 세영은 약국은 어떻게 하고 여기에 나타난 걸까? 여기에, 왜 온 걸까? 하필 지금. 가슴이 조마조마했다.

2

어제는 복잡하고도 이상한 밤이었다. 저녁에 백오피스back office 부서의 회식이 있었다. 한동안 인터넷과 SNS 홍보를 맡아 했던 인턴의 환송식을 겸한 자리였다. 인턴은 김 선배의 대학에서 온 졸업생이었다. 이곳에 온 첫해, 동문회 자리에서 인사만 몇 번 나눈 적 있는 대학원 선배에게 연락이 왔었다. 학교 사람들 아무에게도 알리지 않고 내려왔음에도 알음알음 소문이 났나 보았다. 김 선배는 호텔로 찾아오겠다 했고 무원은 당혹스러웠다. 눈치를 챘는지 김 선배가 제안했다.

"그럼 연구실로 올래?"

그가 근처의 한 사립대학 교양학부에 임용되어 여기 내려와 있다는 걸 그때 알았다. 무원은 난 화분을 사 들고 연구실로 찾아갔다. 북향 건물이었다. 오후임에도 볕이 들지 않아 복도가 어둑했다. 김 선배는 무원의 방문을 지나칠 정도로 반가워했다. 곧 어렵지 않게 용건을 밝혔다. 학교와 호텔 간에 산학협력관계를 수립해줄 수 있느냐는 거였다.

"저희가요?"

무원은 더듬거렸다. 그런 건 대기업이나 하는 게 아니냐고 묻자 선배는 허허 웃었다. MOU 협약 체결식에는 대학 학장을 비롯해 보직 교수들이 여럿 참석했다. 김 선배가 행사장 곳곳을 분주히 돌아다녔다. 학장과 종이 한 장을 나눠 든 채 생뚱한 미소를 짓고 있는 무원의 사진이 지역신문 몇 곳에 실렸다. 한쪽 옆에 김 선배도 서 있었다. 혹시라도 대학원 사람들 중 누군가가 인터넷 한구석에서 이 사진을 발견한다면 한동안 웃음거리깨나 될 거라고 무원은 생각했다. MOU를 맺었어도 특별한 일은 없었다. 매해 잠깐 한두 명의 인턴을 받으면 되었다.

이번 인턴으로 온 4학년 여학생은 꽤 똑똑한 데다 감각도 있는 것 같았다. 무원은 내심 그의 정규직 전환을 염두에 두고 있었다. 당장은 재정적으로 부담스럽지만 장기적으로 보아 괜찮을 것 같았다. 그래도 대졸자 한 명을 새로 뽑는다면 학벌이나 경험 면에서 아쉽다는 생각도 지우기 어려웠다.

그런데 종료일을 얼마 앞두고서 인턴이 먼저 그만두겠다는 통보를 했다. 아무래도 공부를 더 해야 할 것 같다는 것이 표면적 이유였다. 친척이 있는 캐나다로 가서 어학연수도 하고 대학원 진학도 모색해보겠다는 거였다. 무원은 낭패감이 들었다. 저 정도의 아이도 이곳을 선택하지 않는다, 도망치고 싶어 한다. 무심코 넘겼던 인턴의 카톡 프로필도 그제야 눈에 박혔다. 얼마 전부터 인턴은 카톡 프로필에 버젓이 적어두었던 것이다.

'한계 상황. 더는 안 된다'

무원은 그 미묘한 문장들에 대해 한마디도 따

져 묻지 않았다. 직원들에게 오랜만에 회식을 하
자고 제안하면서 근처에서 가장 번듯한 자연산
횟집으로 회식 장소를 정했다.

"인턴도 마지막 날인데, 데리고 갈까요?"

한 직원이 묻자 몰랐다는 듯이 대답했다.

"그렇구나. 당연하지. 그동안 고생했는데. 와서
맛있는 것 먹고 가라고 해."

회식 자리에서 그는 화이트와인 두 병을 꺼내
놓으면서 선물 받은 것이라고 말했다. 지난번 집
에 갔을 때 근처 주류백화점에서 구입해놓은 것
이었다.

"오, 좋은 거네요."

객실용품 구매 담당자인 정이 알은체했다.

"뭐 그럭저럭 마실 만할 거야. 부르고뉴 중에서
그랑 크뤼는 아닌데 그 바로 아래 등급이라."

실은 와인숍에서 큰 폭으로 할인에 들어갔다며
추천해준 것이었다.

"아무튼 맛있게 마십시다."

무원은 와인을 땄다. 인턴에게 첫 잔을 따르면
서, 그동안 고생했다고 말했다.

"전무님, 죄송합니다."

그 아이가 감사하다고가 아니라 죄송하다고 했기 때문에 무원은 김이 팍 샜다. 첫 잔의 건배를 마쳤을 때 전화벨이 울렸다. 세영이었다. 아내는 다짜고짜 송이버섯을 선물로 보내올 만한 곳이 있는지 물었다.

"없는데."

그게 다였다. 와인은 훌륭하다고 할 수 없었다. 떫고 신맛이 강했다. 그러고 30여 분이나 지났을까, 카톡 알림음이 울렸다. 발새였다.

―혹시 버섯 좋아해요?

무원은 안경을 눈 위로 추켜올렸다. 작년부터 노안이 찾아왔다. 눈가를 찌푸리고는 다시 한 번 휴대폰을 내려다보았다. 버섯. 다시 봐도 변함없는 글자였다. 무원은 젓가락을 조용히 내려놓았다.

―갑자기 왜요?

―송이버섯이 잔뜩 생겼어요. 좋아하면 좀 주려고.

우연이라면 괴상한 우연이었다.

―아니요.

급히 한 문장을 추가했다.

―난 안 좋아해요.

무원은 화장실로 갔다. 세영이 전화를 받자마자 황급히 물었다.

"그거, 혹시 뜯은 건 아니지?"

"미쳤어?"

"잘못 온 거니까 뜯지 마."

그는 신신당부했다. 자신도 모르게 허공으로 손을 내젓기까지 했다. 세영이 뭐라고 대꾸한 것과 거의 동시에 카톡 알림음이 울렸다.

―작은 성의인데 받아주기가 힘든가 봐요. 부담스러워서?

―아니 아니에요.

―역시 거절이군요. 그냥 말하지 말고 보낼걸 그랬네요.

무원은 급히 변기에 침을 뱉고 레버를 내렸다.

―어디로 보낸다는 거예요?

―어디든 이유님 있는 곳으로 보내죠. 내가 그 정도도 모를까 봐요?

점입가경이었다. 이 사람 도대체 왜 이러는 것일까. 무원은 좌변기에 망연히 걸터앉았다. 이 곤혹스러운 상황을 어떻게 설명할 수 있을까? 누구에게 이해시킬 수 있을까? 아니, 그는 확신할 수 있었다. 어떤 누구에게도 설명할 수도, 이해시킬 수도 없는 일임을.

발새의 닉네임은 '발없는새', 본명은 이진수. 그러나 그 이름으로 불러본 적은 없다. 그는 무원과 같은 온라인 커뮤니티 회원이자 그 안의 소모임 멤버였다. 커뮤니티 이름인 '파사'는 '파는 사람'의 준말이었다. 가입 조건은 단순했다. 소비자를 직접 상대하는 사업장의 대표일 것. 전국 각지의 음식점, 편의점, 커피숍, 술집, 옷 가게 등등을 운영하는 자영업자들이 회원이었다. 딱히 회원 가입을 하지 않아도 자유게시판의 글을 읽을 수 있었다. 게시판의 글을 읽다 보니 꽤 흥미로웠다. 주제는 다양했으나 가장 잦은 빈도로 나오는 문장은 '어떻게 할까요?'였다. '직원이 그만둔다는데 어떻게 할까요?' '이번 달 월급을 못 줄 것 같은데 어떻게 할까요?' '부가세가 많이 나왔는데

어떻게 할까요?' '망할 것 같은데 어떻게 할까요?'
게시판을 들여다보는 것이 점차로 자연스러운 일
상이 되어갔다. 어쩌다 놓친 글이 있으면 허전했
고, 관심 있게 본 글에는 어떤 댓글들이 달려 있
는지 궁금해지기 시작했다.

　다른 커뮤니티처럼 그곳에도 별의별 인간이
다 있었다. 이번 달 매출이 최악이라고 걱정하는
글에, 그 일을 그만두고 자신이 하는 사업의 지
사를 맡지 않겠느냐는 댓글이 달리는 건 예사였
다. 그러면 또 솔깃해서 더 자세히 알려달라고 하
는 이도 있었다. 그래도 대부분은 평범한 자영업
자들이었다. 매출과 직원 월급과 세금과 월세 걱
정을 번갈아 하느라 죽을 틈도 없다고 하는 이들
이었다. 무원은 대부분의 회원들처럼 하루하루의
매출에 일희일비하는 영세업자라고 할 수 없었
으나 재정적 곤란에 처해 있는 건 마찬가지였다.
무원이 그들에게 느끼는 감정은 기이한 우월감
을 기반으로 한 변형된 연민과 동병상련에 가까
웠다.

　댓글을 달려면 회원 가입을 해야 했다. 회원 가

입 페이지에서는 경영하는 사업장의 종류를 의무적으로 밝히도록 되어 있었다. 무원은 '작은 호텔을 하고 있다'고 썼다가 펜션으로 고쳤다가 모텔로 바꾸었다. 마침표를 하나 찍고 한참 들여다봤다. 그러다 문득, 약국이라고 입력해보았다. 그중에 가장 그럴듯했다. 닉네임을 '이유 아닌 이유'라고 정한 건 눈앞에 '이유'라는 제목의 책등이 보였기 때문이다. 의무 사항인 자기소개방에는 간단히 인사말을 남겼다.

'반갑습니다.'

'격하게 환영합니다. 약사님이 엄청난 미인이시네요'라는 예상치 못한 댓글이 달렸다. 가입 시 작성한 프로필이 공개 상태로 되어 있었다. 무원은 급히 비공개 상태로 전환했다. 프로필 사진에 넣어놓은 것은 대만 여배우의 옆모습이었다. 무원은 쓴웃음을 참으며 타이핑했다.

'이거 저 아닌데요 ㅎㅎ'

'아 죄송. 이유님은 더 예쁘실 것 같습니다'

미친놈, 이라고 생각했을 뿐 구태여 정정하지 않았다. 오래전, 배를 황소라고 정정하지 않았던 것처럼.

3

전화기를 최신 기종으로 바꾼 날, 차로 호텔 입구 언덕을 오르다가 문득 보이는 바다 풍경을 몇 컷 찍었다. 그날 '파사' 게시판의 이슈는 정부가 새로 발표한 소상공인 대책이었다. 성토가 줄줄이 이어지는 중이었다. 잔뜩 기대했으나 막상 뚜껑을 열고 보니 언 발에 오줌 누기 정도에 불과하다는 거였다. 부가세 감면 정도로 생색을 낸다는 비난과, 그 정도 정책이 쉬운 줄 아느냐는 의견으로 갈려 게시판 분위기가 과열 양상을 보였다. 무원으로서는 둘 다 크게 와닿지는 않는 것이었다. 별일도 아닌 걸로 이렇게들 쉽게 흥분하고 편을 가르는 걸 보니 요즈음 경기가 어렵기는 한가 보다고 생각했다.

새 글쓰기 버튼을 누르고 별 기대 없이 그날 찍은 바다 사진을 업로드했다. 우리 여기서만은 싸우지 말자고, 다들 오늘만은 저 끝 모를 하늘과 바다처럼 평화롭기를 바란다고 썼다. 자고 일어났더니 자신의 게시물이 베스트 게시물로 선정되었고 수십 개의 댓글이 달려 있었다. 고맙다, 마음이 정화되는 것 같다는 등의 호평 일색이었다. 무원은 얼떨떨했고 곧 뿌듯한 느낌이 차올랐다. 그 뒤부터였을 것이다. 그 공간에 각별한 마음을 품게 된 것은.

무원은 종종 새 게시물을 올렸다. 글과 사진이 함께 있는 형식이었다. 말 그대로 '사는 얘기'였다. 처음처럼 열광적인 반응은 아니었으나 그의 글마다 꼭 찾아와 밑에 꾸준히 댓글을 달아주는 회원들이 몇 생겼다. 어느 잠 안 오는 밤, 그가 '이 늦은 시간, 간절히 먹고 싶은 것'이라는 제목으로 문어 한 마리가 통으로 든 해물라면 사진을 올렸다. 직접 찍은 것이 아니라 어디선가 가지고 온 이미지였다. 그 아래 '역시 센스 짱 이유님, 저도 눈물 흘리면서 손 번쩍 들어봅니다' '우리 내일 다 같이 가요' '정말 라면집에서 정모 한번 할까요' 같은 댓글들이 달렸다.

'발없는새'도 그중 하나였다. 다른 사람들과 달리 그는 '이유님 사진에는 밝음과 어두움이 절묘하게 어우러져 있어서 마음을 움직인다'는 식의 글을 남기곤 했다. 그는 게시판에서 꽤 활발히 활동하는 회원이었다. 그가 올린 글들을 검색해보니, p시에서 커피숍을 운영한다고 되어 있었다. p시는 무원이 있는 도시에서 자동차로 다섯 시간쯤 걸리는 먼 곳이었다. 그는 커피와 하루키와 재즈를 좋아한다고 스스로를 소개하고 있었다. 너무나 전형적이라 어쩐지 보는 이가 면구스러워지는 조합이었다. 그는 종종 세계적인 재즈 뮤지션들의 공연 영상이 담긴 유튜브의 URL을 공유하곤 했다. 자신의 카페 사진을 찍어 올린 게시물도 있었다. 어느 도시의 대학가에서도 흔히 볼 수 있을 것 같은, 적당히 모던하면서도 그다지 고급스럽지는 않은 평범한 카페였다. 한쪽 벽면은 책꽂이로 꾸

몄는데 그는 그중 두어 칸을 클로즈업해 올려두었다. 국내에서 발간된 하루키의 모든 책들이 꽂혀 있었다. 책장 곁에는 탄노이의 클래식 빈티지 스피커가 놓여 있었다. '나의 외로움을 함께하는 친구들'이라는 캡션이 기억에 남았다. 외로움을 '달래는' 게 아니라 함께한다는 표현에서 무원은 일종의 동류의식을 느꼈다.

특히 누군가 힘들다고 호소하는 글 아래에서 '발없는새'라는 닉네임을 발견하기 쉬웠다. 그는 위로에 능한 사람 같았다. 내일 아침 이대로 눈을 뜨고 싶지 않다는 헤어숍 원장의 글에, '그러면 내일 아침까지 푹 주무시고 오후 두 시쯤 일어나시면 되겠네요'라는 댓글을 붙였다. 한쪽 눈을 찡긋하는 이모티콘도 곁들였다. 어느 새벽, 게시판에 들어갔더니 화면 한쪽 옆에 현재 접속자 명단이 떴다. 자신과 '발없는새'뿐이었다. 그쪽에서 먼저 쪽지를 보내왔다.

―안 주무세요? 접속 중이셔서 인사드립니다.

'발없는새'는 평소에 그의 닉네임을 유심히 보고 있다고 말했다.

—저 이유님 팬입니다. 늘 다정하고 따뜻하시고.

　—그건 발없는새님이시죠.

　그는 자신을 그냥 '발새'라고 불러도 된다고 했다.

　—가까운 사람들은 다 그렇게 불러요. 발없는 새가 워낙 입에 안 붙고 어렵다고들 해서요.

　발새라니. 우스꽝스러운 발음이었다.

　—네, 「아비정전」좋아하시나 봐요.

　무원의 말에 발새는 느낌표를 여럿 찍어 보냈다.

　—와, 제 닉 알아보는 분은 처음 봐요. 역시 이유님.

　—아 제가 좋아하는 영화라.

　—오, 우리 잘 통하네요. 저도 그래요. 장국영 그립네요. 그 공허한 표정.

　발새는 '파사'에 무원이 처음 등장했던 순간을 기억한다 했다.

　—그때 그 프사 본인 얼굴 아니라고 하셨잖아요. 얼마나 웃었는지. 그거 대만 배우 진연희잖아

요. 그 시절 우리가 좋아했던 소녀, 그 영화를 모르는 사람이 있다니요. 저는 이유님 프사 볼 때마다 글이랑 참 잘 어울린다고 생각했어요.

—저요?

—네. 뭐랄까, 부드럽고 다정한 특유의 분위기가 있으세요.

어쨌든 칭찬 쪽에 속하는 말이었으므로 무원은 웃음소리를 타이핑하는 것으로 대꾸했다.

'발없는새'는 그를 '파사' 안의 소모임 '문화와 일상'에 초대했다. 줄여서 'M1'이라고 부른다고 했다. 편한 사람들끼리 음악이나 책, 공연 이야기 등을 나누는 공간이었다. 그보다는 일상 이야기가 더 많이 올라왔다. 'M1'의 기존 멤버가 추천하는 '파사' 회원에 한해서만 입장이 가능했다. 추천인이 새 멤버를 소개하는 글을 쓰는 것이 관행이었다. '발없는새'는 무원을 소개하며 '강원도에서 약국을 운영하시는, 저와 동갑인 여성분'이라고 했다. 어렴풋이 염려했던 부분이 명확해졌다. 무엇이 발새로 하여금 그런 착각을 공고하게 했는지 무원은 알 수 없었다. 무원 앞에 놓인 선택지는 두 가지뿐이었다. 사실을 밝히거나, 그러지 않거나. 늦은 줄 알았을 때가 가장 빠른 때라는 말은 옳았다. 바로잡으려면 그때 했어야 했다. 자신의 얼굴이 조금 붉어지기는 하였겠으나, 아무의 얼굴도 크게 붉어질 필요는 없이 오류는 수정되었을 것이다. 그러나 무원은 오해를 바로잡으려는 어떤 시도도 하지 않았다. 오해를 확고히 하는 시도를 하지도 않았다. 어차피 실제로 만날 일 없는 사람들이었다. 그는 상황을 그냥 놔두었다. 시간이 그렇게 갔다.

4

'M1'은 작고 좁고 깊은 공간이었다. 닉네임 뒤
에 '님'을 붙이는 것이 일반적인 호칭이었지만 서
로를 '형, 누나, 언니, 오빠' 등으로 부르는 멤버들
도 있었다. 총 멤버는 400명이 넘었지만 게시판
의 글 조회 수는 평균적으로 100회 안팎, 많아야
200회 정도였다. 무원은 드문드문 적는 다이어리
처럼 그곳에 흔적을 남겼다. 경어체로 글을 쓰는
일은 일기 쓰기 같기도, 편지 쓰기 같기도 했다.
사진을 첨부하기도 하고 그러지 않기도 했다. 우
울한 날, 우울한 기분을 구구절절 늘어놓을 필요
는 없었다. '기운 빠지는 날이지만 얼음물 한 잔

앞에 놓고 힘을 내보려 합니다. 모두들 점심 맛있게 드세요' 같은 정도면 되었다. 기운 빠지는 이유가 무엇인지를 캐묻는 이는 없었다. 괜찮다고, 누구나 그런 날이 있다고, 점심으로 보드라운 음식을 먹으라고 도닥여주기만 할 뿐이었다. 누가 아프다고 하면 심장 안쪽에 손을 넣어 눈물을 닦아줄 필요까지는 없었다. 피부와 피부는 반드시 닿지 않아도 되었다. 닿지 않아서, 희미해서 마음을 주고받을 수 있는 관계들이 있었다. 대바늘로 성기게 뜬 털 스웨터의 무늬들처럼 대수롭지 않은, 그 대수롭지 않음으로 구성된 작은 환대의 세계.

거기를 오가며 지낸 1년여의 시간 동안 무원이 얻은 것은 어떤 소속감이었을 것이다. 'M1' 게시판에 대한 그의 몰입은 스스로 느끼기에도 이상스러운 바가 있었다.

처음엔 짧은 게시물을 하나 쓰고 나서도 엔터키를 누르기 전에 머뭇거렸다. 퇴고라도 하듯이 객관적인 눈으로 제 글을 다시 읽었다. 그가 염려

하는 건 30대 여성 약사처럼 보이지 않을까봐는 아니었다. 자신의 글이 딱 자신이 쓴 것처럼 보일까봐 그는 불안했다. 장무원 씨! 누가 아무렇지도 않게 어깨를 툭 치며 본명을 불러올 것 같았다. 한번은 여성들이 쓴 글에는 어떤 다른 점이 있는지 여러 페이지에 걸쳐 쭉 읽어본 적이 있었다. 아무리 읽어도 여자들만의 특징이라고 할 만한 무언가를 발견할 수가 없었다. 모든 사람의 글이 다르듯이 한 명 한 명이 다 다를 뿐이었다.

게시판에서 그의 성별과 나이와 직업을 언급하는 사람은 없었기에 불안이 차츰 무뎌졌다. 다들 잊었을 수도 있었다. 무원은 자신이 다른 회원들의 성별과 나이와 직업을 잘 모르듯이 다른 사람들도 '이유'가 누구인지, 누구라고 했는지 잊었기를 바랐다. 착각이었다.

'이유님에게 물어봐요.'

'그래, 이유님…… 부탁드려요.'

해열제를 먹였는데도 아이의 열이 떨어지지 않는다는 심야의 게시물 아래 그런 댓글들이 달린 것을 보고서 무원은 세영에게 급히 전화를 했다.

자다 깼는지 세영은 잔뜩 잠긴 음성으로 '부루펜 먹인 다음 두 시간 지났으면 타이레놀 먹이라고 해. 반대로 하거나'라고 중얼거렸다. 아픈 아이가 누군지도 묻지 않았다. 그는 인터넷 검색을 하고 나서 '이부프로펜(부루펜) 계열을 먹이셨다면 아세트아미노펜(타이레놀) 계열의 해열제를 정량 주시면 됩니다. 그래도 불안하시면 응급실로 가시는 것이 안전하겠습니다'라고 썼다. 이 정도도 적극적인 사칭 혹은 사기에 해당하는 걸까, 아무에게도 해를 입히지 않았는데. 무원은 그 점이 가장 억울했다.

발없는새, 발새. 그놈만 아니었다면 평화는 지속되었을 것이다. 그런데 얼마 전부터 그의 태도가 느닷없이 변했다. 아니, 무원이 징조를 알아채지 못했던 건지도 모른다. 지금까지 무원은 그런 방면으로의 촉을 날카롭게 세울 필요라곤 없이 살아왔다. 발새는 하루에도 여러 번 개인적인 내용의 쪽지를 보내고 부쩍 자주 연락을 해왔다. 끈덕지게 그의 전화번호를 물었다. 답을 피하자 카카오톡 아이디라도 가르쳐달라고 조르기 시작했다. 무원을 가장 당황스럽게 만든 것은 발새의 태도였다. 그는 '이유'가 마땅히 자신의 구애를 받아들여야 한다고 믿는 것처럼 보였다. '이유'가 누구이든 원치 않는 상대의 구애를 거절할 권리가 있지 않은가! 발새는 마치 그 점을 모르는 이처럼 막무가내로 행동했다.

—내가 내 마음을 골똘히 들여다보았는데요. 알고 보니 이유님이 제 마음 깊은 곳에 들어와 있더라고요.

그것은 완전히 그쪽의 사정이었다. 무원은 아연했고 곧 조마조마해졌다. 이유님, 한번 보러 가도 될까요? 이유님은 내 생각 안 해요? 이유님 약국이 어디예요? 정말 그 도시가 맞아요?

상대의 답을 들을 마음도 없이 퍼부어진 질문들은 허공으로 갈가리 흩어졌다. 그 파편들은 공포감으로 변해 무원의 심장에 박혔다가 불쑥불쑥 솟아났다. 발새가 '이유'의 정체를 알면 어떤 일이 일어날지 무원은 짐작하고도 남았다. 망신을 당하고 커뮤니티에서 쫓겨나는 것만으로 끝나지 않을 것이다.

그런데 송이라니, 송이버섯이라니. 망상일 것이다. 발새가 서울 집의 주소를 알 리 없었다. 불쾌한 우연의 일치가 틀림없을 것이다. 그러나 우연의 일치가 맞는지 확인할 필요가 있다고 무원은 생각했다. 어떻게 확인하지? 무엇을 어떻게 하지? 화장실 문을 두드리는 소리에 무원은 퍼뜩 정신이 들었다.

"전무님, 괜찮으세요?"

직원이 그를 부르고 있었다. 변기에 너무 오래 걸터앉아 있었다.

"응. 괜찮아!"

괜찮지 않았다. 무원은 천근 같은 몸을 일으켰다.

세영은 남색 스트라이프 무늬가 들어간 흰 셔츠에 베이지색 면바지 차림이었다. 출근할 때 자주 입는 복장이었다. 대충 입고 나가서 흰 가운만 걸치면 된다면서 그녀는 평소에 편안한 캐주얼 스타일을 선호했다. 앞머리를 뱅 스타일로 잘라 이마를 짧게 덮고, 긴 단발을 하나로 묶는 머리 스타일은 그녀가 아주 오래전부터 고수하는 것이었다. 편하다는 이유에서였다. 그의 기억에 의하면 도우의 유치원 졸업식에도, 초등학교 입학식에도 같은 머리 스타일을 하고 있었던 것 같다. 그런데도 무원은 멀리서 걸어오는 세영을 바라보면서 긴가민가했다. 생각해보니, 야외에서 자신을 향해 다가오는 세영의 움직임을 보는 것 자체가 무척 오랜만이라 생경하게 느껴진 것이었다. 여러 가지 감정들이 한번에 밀어닥쳤다. 무원은 당황했다.

그들은 호텔 주차장의 벤치에 나란히 앉았다. 서로의 얼굴을 마주 보지 않아도 되는 좋은 자리였다.

"어쩐 일이야?"

"어쩐 일일 것 같아?"

세영의 목소리엔 억양이 없었다.

"모르지."

무원은 바지 주머니에 손을 집어넣어 휴대폰이 잘 있는지 확인했다. 늘 혼자 있으니 구태여 비밀번호를 걸어두지 않은 게 낭패일지 몰랐다. 카톡

방 목록에 들어가면 곧바로 발새와 나눈 대화를 볼 수 있었다. 발새와의 대화를 보면 아내는 어떤 반응을 보일까? 세영에게 전화기를 빼앗긴다 치더라도 다시 급히 낚아채면 완전히 다 들키지는 않을 수도 있었다. 무원은 주머니 속 휴대폰을 만지작거렸다. 그런데 무원이 아는 세영은 그런 교양 없는 짓을 할 여자는 아닌 것 같았다. 남편의 전화기를 빼앗고 의심하고 소리 지르고 추궁하는 세영이라니…… . 상상이 되지 않았다. 세영은 오히려 그러고 나면 극심한 자기혐오에 시달릴 사람이었다. 무원은 간신히 조금 진정되었다.

"오늘이 그날이야."

"무슨, 날?"

"있어. 그런 날."

"…… ."

"그래서 온 거야."

"알아듣게 설명해봐."

무원의 말에 세영은 피식 웃었다.

"어디서부터 뭘 어떻게 설명해야 할지 모르겠어."

무원이 하고 싶은 말이었다. 선선하게 바람이 불었고, 해수면은 잔잔했다. 세영은 무릎 위에 두 손을 무방비로 축 늘어뜨리고 있었다. 무원은 오른손을 뻗어 세영의 손등에 포갰다. 세영은 가만히 있었다. 아무 감각도 느껴지지 않았다. 지쳤다고는 아무도 말하지 않았다.

"그냥 도망 온 거야."

세영의 목소리가 아스라이 들렸다. 무원의 직감은 틀렸다. 무원이 입을 뗐다.

"그럴 때도 됐지."

세영이 미소 지었다. 어쩐지 서글프게 보였다. 그녀는 무원에게 한동안 잡혀 있던 손을 쓱 뺐다.

"참, 별로 중요한 건 아니지만."

세영은 바다를 지그시 응시했다.

"오늘 내 생일이야."

"아아, 그래. 그렇지."

무원은 축하한다고 읊조렸다. 세영은 그래서 무원이 알고 있었다는 건지 잊어버리고 있었다는 건지 캐묻지 않았다. 역시 세영다웠다.

"미안하다."

"뭘 새삼스럽게. 언제 기억했던 적도 없잖아."

"무슨 소리야? 팔찌를 사 준 적도 있었고, 귀걸이를 같이 사러 간 적도 있었는데."

"그런 적도 있었겠지. 하지만 최근 10년 이내는 아니야."

"미안하다."

무원은 말을 이었다.

"너한테 하는 얘기는 아니지만 우리 나이에 생일을 일일이 기념할 필요가 있을까라는 생각은 들어."

"그래, 동감이야."

세영이 화를 냈으면 좀 나았을까, 그러나 그녀가 담담히 동의했으므로 무원은 무안해졌고 이내 이상한 질투가 났다. 세영은 어디로부터 도망쳐 왔다는 건지 끝내 알려주지 않았다.

"너도 참 세상 살기 힘들겠다."

무원이 문득 말했다.

"뭐?"

"아니, 그냥, 갑자기 그런 생각이 들어서."

세영은 한쪽 입꼬리를 올렸다. 비웃는 것도 그

냥 웃는 것도 아닌 표정으로 말했다.

"그걸 이제 알았냐."

세영의 목소리는 오래전이나 지금이나 똑같다고 무원은 생각했다. 바다가 고요히 일렁였다.

세영은 그날 오후 늦게 떠났다. 저녁을 먹고 가라는 그의 권유에 '오늘 도우 학원 시험이야'라고 대꾸했다.

"너, 생일이잖아."

"그게 뭐."

"휴게소 우동으로 혼자 생일 저녁 때우려고?"

"그게 뭐."

그는 괜히 세영의 차 앞 타이어를 발로 툭 차보았다.

"타이어 공기압은 잘 넣고 다니냐."

"응, 지난주에 엔진오일 갈면서 체크했어."

"넌 그런 건 재깍재깍 잘하더라."

"어차피 해야 하니까."

문득 세영에게 다 털어놓으면 어떨까, 하는 생각이 들었다. 바보 같은 생각인 줄 잘 알면서도 그랬다. 그녀 곁에 있는 동안에는 불안을 견딜 만했다. 전화기를 수시로 들여다보지도 않았다. 세영이 가고 나면 무원은 혼자 남겨질 것이다. 그것이 무서웠다. 세영의 차가 떠나고 나서야 무원은, 그 차 옆자리에 타고 같이 떠날 수도 있었음을 깨달았다.

전화벨이 울렸다. 모르는 번호였다. 그는 무심코 전화를 받았다. 상대는 남자였는데 '여보세요'라는 말을 처음 배운 것처럼 억양 없이 반복하기만 했다. 통화 연결 상태가 좋지 않은 것 같았다. 해안가라 간혹 있는 일이었다. 무원은 건조하게 말했다.

"들립니다. 말씀하십시오."

"이유님?"

"네?"

"저, 저는 이진수라고 합니다."

무원은 곧바로 전화를 끊었다. 전원을 껐다. 한 세계가 부서졌음을 받아들일 시간이었다.

PIN

006

3부

1

현구중학교 학교폭력대책자치위원회는 한 명의 결원이 있었으나 학부모위원 과반의 참석으로 차질 없이 개최되었다. 위원회에서 양은석과 차지수에게 내린 징계는 1호와 2호, 3호였다. 피해학생인 유강에게 서면 사과를 하고 공증을 받을 것, 유강에 대한 접촉 협박 보복행위를 하지 않을 것, 교내 학습자료실과 도서관에서 총 72시간의 봉사를 할 것 등이 관련 내용이었다. 학폭위 회의에서는 징계의 수위를 더 높여야 하지 않겠느냐는 의견과, 아직 어린 학생들이니 관용을 베풀고 기회를 주자는 의견이 팽팽히 맞섰다. 결국 거수

투표에 붙여졌고 기회를 주자는 쪽이 한 표를 더 얻었다. 가해자 측은 결정에 승복했고 피해자 측은 불복했다. 피해자 측은 특히 학급 교체 명령조차 이뤄지지 않았다는 점에 대해 분개했다.

유강은 징계 처분이 내려진 다음 날부터 등교하지 않았다. 등교 거부였다. 학교를 어떻게 믿으며 그런 곳에 어떻게 아이를 보낼 수 있겠느냐고 유강 할아버지는 주장했다. 담당 교사들은 출결 처리를 어떻게 해야 할지 몰라 애를 먹었다. 유강의 보호자는 재심을 청구할 권리가 있었고 변호사를 선임해 소년 법정까지 문제를 끌고 갈 수도 있었다. 그러나 유강 측에서는 등교 거부 외에 다른 움직임은 보이지 않았다.

양은석과 차지수는 정상적으로 등교를 했고 수업을 받았다. 둘은 예전처럼 붙어 다니지 않았고 쉬는 시간에도 서로 멀찍이 떨어져 지냈다. 담임 또한 둘이 같은 모둠에 배치받거나 과제를 같이 하게 되는 일이 없도록 신경을 곤두세웠다. 담임과 부장 교사는 교감의 지시에 따라 하루에 한 번씩 유강의 할아버지에게 전화를 했다. 통화는 이루어지지 않았다.

　—강이 할아버님, 부디 마음을 푸시고 강이를 학교에 보내주세요. 출석 일수도 생각해주셔야지요. 부탁드립니다.

　담임이 보낸 문자메시지에도 답장은 없었다. 유강 없이 1학기가 끝났다. 동네에서도 유강을 봤다는 사람이 전혀 없었다. 유강과 친하다고 알려진 아이들은 양은석과 차지수뿐이었다. 여름방학이 시작되었다. 도우는 학원의 승급시험에서 좋은 성적을 얻어 최상위반 진입에 성공했다. 그래도 도우는 의기양양한 표정을 짓지 않았다. 재건축추진예비위원회의 일이 많아져 무원은 서울에 자주 올라왔다. 같은 건물에 있던 클리닉 중 내과가 폐업을 하는 바람에 세영의 약국엔 환자가 줄었다. 세영은 간간이 자신이 참석하지 않은 학폭위에 대해 떠올리곤 했다. 의견이 반으로 갈렸었다는 이야기는 전해 듣지 않는 편이 좋았을 거라고 생각했다. 송이버섯은 포장을 뜯지 않은 상자 그대로 베란다에 내놓았다.

　차지수의 엄마와는 어느 일요일 아침, 단지 안

의 유기농 식품 매장에서 마주쳤다. 그녀의 카트 안에는 유기농 한우 불고기감과 붉은 토마토가 담겨 있었다. 그녀는 아무 일도 없다는 듯 세영에게 반갑게 다가왔다. 묻지도 않았는데 지수가 하와이로 단기 어학연수를 떠났다고 했다.

"좋겠네요, 지수는."

"하라는 공부는 안 하고 매일 서핑만 하나 봐요."

"그렇군요. 건강해져서 돌아오겠어요."

"거기 아이 고모가 있어서요. 봐서 저만 좋다면 쭉 있게 하려고요."

"네. 기회가 되면 아이한테는 너무 좋죠."

세영은 상냥하게 대답했다.

"도우는, 도우는 잘 지내지요? 탑반 들어갔다는 소식은 들었어요. 축하해요."

수학학원을 말하는가 보았다.

"워낙 꼼꼼하게 잘하는 아이니까 걱정이 없으시겠어요."

세영은 급히 손을 휘젓는 시늉을 했다.

"아니에요. 알고 보면 그렇지도 않아요."

지수 엄마는 그녀의 말을 듣고 있는 것 같지 않
았다. 여전히 잠을 잘 못 자는지 지수 엄마의 눈
밑이 거뭇거뭇했다.

2

여름은 몹시 무더웠다. 비단 한국만의 문제가
아니며 지구온난화의 결과물이라는 내용의 특집
다큐멘터리가 방송되었다. 개학을 한 주 앞둔 맑
은 밤이었다. 채널을 돌리다 말고 세영은 희미한
앰뷸런스 경보음을 들은 것도 같았다.

그 밤, 사고가 있었다.

유강은 3동 1층 화단에서 발견되었다.

아이의 책상 위에 샤프펜슬로 또박또박 쓴 자
필 메모가 놓여 있었다.

—미안해요.

그게 전부였다. 그렇다고 했다.

다음 날 학부모회 임원 모임이 긴급히 소집되었다. 세영은 약국 문을 닫고 참석했다.

"세상에 어떻게 이런 일이 있어요. 어떡해요, 정말."

"모르겠어요. 정말 어떻게 해요."

어떻게도 할 수 없는 일을 두고 무력한 말들이 분분했다. 혹시라도 언론에 보도되면 큰일이라는 의견도 나왔다. 사람들이 가장 걱정하는 것은 그런 종류의 곤란함이었다.

"요즘엔 인터넷에 뭐가 잘못 올라가기라도 하면……."

회장의 말줄임표가 신호라도 되듯 여러 사람이 낮은 한숨을 내쉬었다. 회장단 차원에서 조문을 가는 게 옳다는 의견과, 자중하는 게 낫다는 의견이 갈렸다. 세영은 주저하다가 그래도 가야 한다는 쪽에 손을 들었다. 가지 않는 게 맞다는 의견이 우세했다.

"교장 교감 선생님이나 부장 선생님들은 어차피 가실 텐데 우리까지 가는 건 뭐랄까 정신이 없을 것 같아요."

한 사람이 그렇게 말했다. 빈소 방문은 하지 않아도 조화 같은 건 보내야 하지 않겠느냐고 누군가 의견을 말하자 "그런 걸 받겠어요?"라고 다른 이가 반문했다. 동의하지 않을 수 없었다. 유강의 옆 라인에 사는 여자가 말했다.

"어젯밤 난리 났을 때요, 걔네 할머니는 실신해서 실려 가고, 할아버지가 구급차 옆에 서서 막, 막, 고함치며 울더라고요. 내가 다 죽여버린다고, 저 학교 놈들 몽땅 다 죽여버릴 거라고."

난데없는 두통이 세영을 넘쳤다. 머리 피부가 화끈거렸다. 이부프로펜 200밀리그램을 삼키고 아무도 없는 곳에서 잠들고 싶었다. 모임을 파하고도 약국으로 돌아가지 않았다. 도우를 데리러 가기 전에 몇 시간이라도 누워 있고 싶었다. 단지 안을 가로질러 걸으면서 선글라스를 꺼내 썼다. 살아 있는 존재와 눈을 맞추고 싶지 않았다. 디지털 도어록의 비밀번호를 누르고 집 안에 들어섰다. 현관에 낯익은 운동화 한 켤레가 놓여 있었다. 운동화를 벗어놓은 모양이 얌전했다. 학원의 여름방학 특강 수업이 한창일 시간이었다. 가슴이 덜컥 내려앉았다.

"도우?"

대답이 없었다. 세영은 집 안의 모든 문을 다 열어보았다. 아이는 보이지 않았다. 욕실 문이 안에서 잠겨 있었다. 세영은 그 나무 문을 마구 두드리고 문고리를 비틀었다.

"도우야, 도우야, 도우야."

안에서는 묵묵부답이었다.

"문 좀 열어줘, 도우야, 엄마야, 엄마야."

한참 후에, 안에서 낮은 목소리가 들렸다.

"저 여기 있어요."

아이는 울고 있었다.

"그러지 말고 나와, 도우야, 나와."

"……조금만 더 있을게요."

"도우야, 제발."

강이는 1학년 가을에 전학 왔다. 한 학기가 채 안 되지만 작년에 도우는 강이와 한 반에서 생활했다. 전학생이 왔다는 소식을 듣고 도우에게 어떤 애인지 물었었다.

"음, 아직 잘 몰라요."

"그래도 대충 보면 알잖아."

"음."

도우는 오래 뜸을 들였다.

"착한 애 같아요."

세영은 피식 웃음이 터졌다. 그녀가 은연중에
기대하고 있던 대답은 다른 방식의 것이었다. 이
를테면 어느 지역의 중학교에서 전학을 왔으며,
어느 영어학원에 다니고 있는지 같은 것. 너는 아
직 천진하구나 싶어 이상하게 기분이 좋았었다.
까맣게 잊었던 그 기억이 되살아났다. 욕실 안에
서 수돗물 쏟아지는 소리가 한참 동안 계속되었
다. 세영은 문고리를 붙들고 귀를 문에 댄 채 도
우가 나와주기만을 기다렸다. 도우는 한참 후에
제 손으로 화장실 문을 열고 나왔다. 세영은 도우
의 어깨를 와락 감쌌다. 도우는 엄마를 밀치지도
않고 껴안지도 않고서 그대로 서 있었다. 안경을
벗은 눈두덩이 퉁퉁 부어 있었다. 도우는 검은 옷
을 찾았다.

"왜?"

"장례식장에 가야 해요."

"네가? 왜?"

왜, 라는 질문을 처음 들은 것처럼 도우는 의아한 눈빛으로 세영을 바라보았다.

"다 같이 가기로 했는데요."

"누구랑?"

"학생회 선배들, 또 1반 반장이랑……."

"누가 정했어?"

"단톡방에서 얘기가 나왔어요. 3학년 선배들이 우리가 어떻게 안 가보느냐고."

아까 세영이 만나고 온 그 학부모회 임원들의 자녀들이었다. 그리고 그중 몇은 지난번 학폭위 위원의 아이들이기도 했다. 아이들은 오늘 모두 학원을 빠지고, 다섯 시까지 유강의 시신이 안치된 병원 앞에서 만나기로 약속했다고 하였다.

"걔들이 다 온대? 올 수 있대?"

"약속했는데요."

"있잖아, 도우야."

세영은 차디찬 우유를 한 컵 가득 따라 도우에게 건넸다.

"너희 마음은 충분히 알겠는데, 그 마음 참 예

쁜데……."

자꾸 코가 맹맹해졌다.

"지금은 말이야, 거기 어른들이 많이 힘드실 수 있지 않을까. 힘드신데 너희들을 보면 강이 생각이 더 많이 날 수도 있어."

도우는 우유를 마시지는 않고 손가락 끝으로 컵을 만지작거리기만 했다.

"그러니까 나중에 가는 게 좋겠어."

세영의 말이 끝나자, 도우가 있는 힘껏 컵을 잡았다.

"나중에…… 언제요? 엄마, 시간이 없어요."

도우는 완강했다. 세영은 안 된다는 말만 무력하게 반복했다. 도우는 제 손으로 옷장을 뒤져 검은색 옷을 찾아 입었다. 작년 가을 과학경시대회 준비반에서 단체로 맞춘 긴팔 맨투맨 티셔츠였다. 헐렁했던 옷은 어느새 도우의 몸에 딱 맞았다. 티셔츠 뒤판에 영어로 'Hyun-koo middle school science team'이라는 흰 글자가 큼지막하게 적혀 있었다. 더울 텐데, 라고 생각하면서도 도우를 멈춰 세우고 반팔 옷을 새로 찾아주지 않

았다. 세영은 여전히 멍한 상태로, 사라지는 도우
의 뒷모습을 쳐다보았다. 도우가 가버리고 한참
이 지난 다음에야 아까 전해 들었던 말이 떠올랐
다. '다 죽여버린다고, 저 학교 놈들 몽땅 다 죽여
버릴 거라고.' 심장 한가운데가 쩍 갈라졌다.

3

　장례식장이라는 곳에 예전에 한 번 가본 석이
있다. 외할머니가 돌아가셨을 때였다. 그때 도우
는 아홉 살 남짓이었다. 그 무렵의 다른 기억들이
어렴풋이 남아 있는 데 비해 그날의 기억은 선명
했다. 아빠와 둘이 병원으로 갔다. 본관이 아니라,
뒤쪽에 외따로 떨어진 건물로 한참 걸어갔다. 가
파른 계단을 걸어 내려가니 이상한 공간이 나왔
다. 넓은데, 칸막이들로 나뉘어 있어 답답하게 느
껴지는 공간이었다. 그 칸막이 중 하나에 엄마가
있었다. 엄마는 소복을 입고 치마의 허리 부분을
흰 끈으로 동여맸다. 한복 치마 아래 신은 양말은

연회색이었다. 도우는 집에 흰 양말 많은데 내가 가져다줄걸, 이라고 생각했다. 엄마는 도우를 안았다. 엄마는 마르고 힘이 약한 사람이지만 자신을 안을 때면 아플 정도로 꽉 힘을 주었다. 그날은 평소보다 더 세게 껴안았다. 답답하고 가슴뼈가 으스러질 것 같았지만 도우는 아무 내색하지 않았다. 엄마에게서 처음 맡아보는 향이 났다.

아빠가 어딘가에서 검은 양복으로 갈아입고 왔다. 그 옆에 서서 도우도 조문을 했다. 영정은 오래전에 찍은 것이었다. 사진 속 외할머니는 도우가 아는 것보다 훨씬 젊었고 활기에 차 보였다. 엄마는 좀 떨어진 곳에 서 있었는데, 도우가 흰 국화를 영정 앞에 바칠 때부터 울기 시작했다. 도우가 절을 할 때는 숫제 통곡을 했다. 도우는 사람이 울다가 죽을 수 있는 가능성에 대해 전혀 생각해보지 못했었다. 생각해볼 이유도 없었다. 즐겨 보는 학습 만화 'WHY' 시리즈에도 '눈물' 편은 없었다. 이럴 줄 알았으면 '인체' 편을 더 꼼꼼히 읽을걸 그랬다는 후회가 들었다.

엄마는 통곡이 멈추지 않아 내실로 들어갔다.

도우는 다른 어른들을 따라 옆의 식당 같은 곳으로 밥을 먹으러 갔다. 육개장은 너무너무 매웠는데 입에 착 붙었다. 어른 세계의 음식을 훔쳐 먹는 기분이 드는 맛이었다. 시뻘건 국물을 홀짝홀짝 떠먹는 도우를 어른들이 신기해했다. 어른들은 맥주를 마셨다. 간간이 웃음소리도 났다.

"원래 이런 데서는 웃기도 하고 그러는 거야."

도우의 표정을 읽었는지 처음 보는 아저씨가 말해주었다. 밥을 먹고 나니 아빠가 이제 가보라고 말했다. 엄마 친구인 윤주 이모가 도우의 손을 잡았다. 앞으로 사흘간 윤주 이모네 집에 있게 될 거라 했다. 이렇게 가면 엄마를 영영 못 볼지도 모른다는 걱정이 들었다. 엄마는 저렇게 울다 죽을지도 모르니까. 지금 가버리면 엄마는 영정으로나 다시 보게 될까. 느닷없이 눈물이 솟구쳤다.

"얘가 이제 우네."

윤주 이모가 도우의 등을 쓸어주었다.

"이제야 실감이 나나 보다."

아빠가 말했다.

"세영이 어머니가 도우 참 예뻐하셨지?"

"그럼."

그런 얘기들을 들으며 도우는 손등으로 눈물을 닦았다. 눈물이 그 밖으로 흘러넘쳤다. 그날 이후 오늘이 도우가 죽음과 관련된 곳에 가장 가까이 가는 순간이었다. 죽음에 관한 장소에 가고 있다는 마음은 들지 않았다. 발걸음은 무거웠지만 무섭지는 않았다. 유강에게 간다고, 유강을 보러 간다고만 생각했다.

회장 선배가 단톡방에서 죽은 아이 빈소에 가자는 이야기를 꺼냈을 때 도우는 얼른 대답하지 않았다. 아, 거기에 갈 수 있는 거구나, 그렇구나…… 느리고 천천한 깨달음이었다.

—2학년 반장들은 웬만하면 다 와라.

네, 라고 선선히 대답하는 아이도 있고, 오늘은 할머니 생신이라 안 될 것 같다는 아이도 있었다. 도우는 가장 늦게 답을 올린 아이였다.

—저도 가겠습니다.

강이의 일을 알고부터 가슴 안쪽에서 희뿌연 연기가 피어올라 빠른 속도로 몸속 전체를 뒤덮어가고 있었다. 그 연기는, 기를 쓰고 잡으려 해도 결코 손에 잡히지 않았다. 강이와 차지수, 양은석의 사건이 일어났을 때 모두들 뭐라고 떠들어댔다. 아는 것은 아는 대로, 모르는 것은 모르는 대로. 도우의 귀에도 여러 이야기들이 들려왔지만 도우는 한마디도 하지 않았다. 그날 화장실에서 그 애들 사이에 어떤 일이 있었는지 몰랐기 때문이다. 강이가 2학년이 되어 지수, 은석과 자주 어울려 다니는 것은 알았다. 지수와 은석은 초등학생일 때부터 소문난 단짝이었다. 도우에게 그들은 사악하지도 않고 선하지도 않은, 그냥 보통 아이들과 비슷한 아이들이었다. 유강은 좀 달랐다. 도우와 유강은 아주 가까웠던 적은 없었다. 두 아이는 늘 좀 떨어진 곳에 있었다. 그런데 도우는 많이 떨어진 곳에 있다는 느낌은 받지 않았다. 상대적인 느낌이었다. 저쪽이 나와 멀리 서있지 않다는 느낌, 내가 이 자리에 그대로 서 있으면 저쪽도 더 멀리 가지 않으리라는 느낌, 언젠가는 한발 가까이 다가서는 날이 올지도 모른다는 느낌. 그 '언젠가는'은 이제 없다. 완전히 사라졌다.

지난 5월 교내 체육대회 혼성 축구 예선전에서 1반과 2반의 경기가 열렸다. 혼성팀이라 해도 학교에서 그렇게 하라고 해서 여학생을 끼워 넣었을 뿐이다. 남자 여덟 명에 여자 세 명씩의 조합이었다. 남자아이들은 남자 인원수 여덟 명끼리만의 축구를 한다고 생각하는 듯했다. 여학생들은 모두 수비수의 위치에 배치되었고, 남자아이들은 아주 급하지 않고서는 웬만해선 여자아이들 쪽으로 패스하지 않았다. 그날, 양 팀의 실력은 비등비등했다. 동점인 상황에서 후반전 시간이 얼마 남지 않았을 때였다. 은석이 공을 몰고 오다가 골대 근처에 있던 강이에게 길게 패스했다. 강이는 1반의 에이스였다. 몸집은 작았지만 공을 가지고 하는 운동을 다 잘했고 축구도 잘했다. 1반이 앞서 넣은 두 골 중 한 골이 강이의 작품이었다.

마침 근처에 2반 선수는 도우뿐이었다. 도우가 막 강이를 향해 뛰려는 찰나, 갑자기 왼쪽 다리에 마비가 왔다. 도우는 풀썩 주저앉았다. 허벅지 뒤쪽이 찢어지듯 아프고 화끈거렸다. 킥을 날리려던 강이가 도우를 보았다. 강이는 동작을 멈추곤 도우에게 다가왔다. 허리를 숙이고서 물었다.

"괜찮아?"

도우는 어안이 벙벙했다. 지금은 경기 중이었고, 그들은 서로의 적이었다.

"야! 뭐 하는 거야!"

"유강!"

멀리서 1반 아이들이 질러대는 고함 소리가 웅웅웅, 귀에 꽂혔다. 아랑곳하지 않고 강이는 도우에게 손을 내밀었다.

"일어날 수 있겠냐?"

도우는 그 손을 잡지 않았다. 그러면 진짜로 지는 기분이 들 것 같아서였다. 그건 도우가 가장 싫어하는 것이었다. 심판을 보던 체육 선생님이 휘슬을 불었다. 같은 반 아이들이 도우를 일으키러 왔다. 도우는 벤치로 옮겨졌다. 경기가 속개되었다. 그러나 강이는 골을 넣지 못했고 1반의 찬스는 사라졌다. 후반전이 끝나자 승부차기가 이어졌다. 승부차기에서 2반이 1반을 이기고 결승에 진출하게 되었다. 1반 아이들은 화가 잔뜩 났다. 대놓고 강이에게 화를 내는 아이들도 있었다.

"븅신아, 다 너 때문이잖아."

"이 새끼. 너 여자 때문에, 여자 때문에 그런 거
잖아?"

지수가 강이를 똑바로 쳐다보며 쏘아붙였다.
그날 일을 거의 다들 잊었겠지만 도우는 잊지 않
았다. 지수가 자신에 대해 '여자'라고 지칭했다.
머릿속이 흐리게 부풀어 올랐다. 도우는 그날에
대해 간혹 생각했다. 강이에게 다녀오고 나면 몸
속 가득 들어차 휘도는 매캐한 연기가 걷힐까. 숨
통을 내리누르는 거대한 바윗돌이 바스러질까.
도우는 지금 자신이 바라는 것은 어쨌든 편안해
지는 것임을 알았고, 그래서 더 미안했다.

약속 장소에는 3학년들 네댓 명만 와 있었다.
도우가 마지막이었다. 강이 반의 반장을 비롯해
꼭 오마고 하던 2학년들은 기다려도 나타나지 않
았다. 크지 않은 준종합병원이었다. 장례식장은
건물 지하에 있었다. 넓지 않은 빈소 안은 휑했
다. 강이의 사진도 무엇도 놓여 있지 않았다. 입
구에 '유강'이라는 이름이 작게 붙어 있지 않았다

면 아직 차려지지 않은 빈소라고 해도 믿을 것 같
았다. 에어컨이 가동되는 실내는 온도가 너무 낮
았다. 도우는 접어 올렸던 팔소매를 내렸다.

　빈소엔 한 사람뿐이었다. 빈소 한가운데에, 남
자 하나가 가부좌를 튼 채 꼼짝 않고 앉아 있었
다.

4

세영은 휴대폰의 문자메시지함을 뒤져 그 남자
에게 왔던 메시지들을 찾아냈다. 자신의 생일이
자 학폭위 당일이던 그날, 이른 아침에 도착했던
장문의 메시지만 남아 있었다.

　—존경하는 부회장님, 바쁘신 가운데 사명감
을 가지고 학교 일에 불철주야 애쓰심에 충심으
로 감사의 말씀 올립니다. 다름이 아니옵고 이번
저의 손주 일로 심려를 끼쳐드려 진심으로 죄송
스런 심정입니다. 강이는 어려서 부모와 떨어져
살아왔음에 가슴에 한과 상처가 많은 아이입니
다. 그럼에도 꿈과 용기를 잃지 않고 살아온 아이

입니다. 외롭게 자라 친구와 어울리기를 좋아하고 사람을 믿는 것밖에 모르는 아이입니다. 저희 같은 부부의 손주라고 하기에는 정말로 아까운 아이입니다. 멀리 있던 아이를 저의 욕심으로 곁에 데려온 것이 이렇게 큰 후회와 미안함으로 남을 줄을 미처 몰랐습니다. 부회장님, 저희는 한평생 후회할 일만 하고 살아온 사람입니다. 저희가 비록 세상에 이로운 일만 하며 살아온 것은 아니나 하나뿐인 손자를 생각하는 마음만은 한량없이 지극하다는 것을 꼭 말씀드리고 싶습니다. 그 일이 일어난 뒤에 제 아내는 잠을 자지 못하고 먹지도 못합니다. 곁을 지키는 제 가슴에서도 피눈물이 납니다. 강이는 제 방에서 나오지도 않고 있습니다. 부디 이 가엾은 아이와 늙은이들의 사정을 알아주시고 억울함을 풀어주십시오. 부디 잘 헤아리시어 현명한 결정을 내려주시기를 진심으로 부탁 말씀 드리겠습니다. 부족한 긴 글 읽어주셔서 감사합니다.

처음 보는 것이 아닌데 처음 보는 것 같았다. 그 투박하고 집요한 문장 하나하나가 낯설고 생경하기만 했다. 스무 통 넘는 메시지가 다 거기서 거기라고만 생각했다. 스팸문자를 받은 것처럼 짜증스러웠다. 통으로 휙 훑어보았을 뿐, 한 줄 한 줄 새겨 읽을 이유가 없었다. 그런데 이제, 가슴에서 피눈물 난다는 대목을 읽을 때에 세영은 눈을 가리고 싶었다.

마지막에 그 사람은 '부족한 긴 글 읽어주셔서 감사하다'고 썼다. 그날 그 이른 시간에 그는 잠에서 깼던 걸까, 아니면 밤새 잠을 이루지 못했던 걸까. 세영은 생각했다. 모든 것을 잃은 사람이 할 수 있는 것이 무엇일지를. 거의 없었다. 다 잃은 사람이 아니고서는 할 수 없는 것도 있었다.

지체할 시간이 없었다. 인질극이 벌어졌을 때의 대처 방법 같은 것을 아이가 어디서고 배웠을 리 없었다. 학교에서 그런 걸 가르쳤을 리 없었다. 인질극의 주인공, 당사자, 그러니까 인질이 된 순간에 어떻게 해야 생존할 수 있는지 말이다. 모르는 건 세영도 마찬가지였다. 삶을 놔버릴 때 필요한 결정적인 지식, 이를테면 케이콘틴과 졸피뎀, 프로톤펌프인히비터의 조제 용량 같은 것에 대해서는 잘 알았지만 아무 쓸모가 없었다. 입안에 알약을 털어 넣고 평화로운 척 잠들어 끝내는 것 말고, 기어이 삶을 버티게 하는 결정적인 법칙이라고는 도무지 아는 바가 없었다. 압도적인 절망감과 약간의 공허감이 세영을 뒤덮었다.

인질범은 인질의 전화기를 빼앗을까 아니면 그대로 놓아둘까? 알 수 없는 노릇이었다. 도우는 전화를 받지 않았다. 처음에 걸었을 때 받지 않았고 두 번째에도 그랬다. 세영은 지체 없이 자동차 키를 챙겨 주차장으로 날려 내려갔다. 그녀의 차 앞에 겹겹이 주차된 차들 때문에 쉽게 차를 뺄 수 없었다. 그 와중에도 세영은 연거푸 통화 버튼을 눌렀다. 네다섯 번째 만에 도우는 전화를 받았다.

─지금은 통화 못 해요. 나중에 할게요.

속삭이듯이 아주 작은 목소리였다. 대책 없이 확 안심이 되었고, 그 감정의 낙차만큼 불안은 다시 증폭되었다. 곧이어 그 목소리가 얼마나 창백한 색깔이었는지를 떠올리니 숨이 막혔다. 차라리 전화가 연결되지 않았더라면 더 나았겠다는 생각마저 들었다. 그랬다면 경찰이라도 찾아갈 수 있을 텐데…….

내가 다 죽여버릴 거야!

누군가 들었다던 그 고함의 내용을 경찰은 협박이나 범죄 예고로 인정해줄까. 세영은 일렬 주차된 채 자신의 차를 가로막고 있는 다른 차들을 필사적으로 이리 밀고 저리 밀었다. 제 차 한 대가 빠져나갈 수 있는, 딱 그만큼의 공간만 확보하면 되었다. 아무도 세영을 도와주지 않았다.

운전석에 앉아서야 빈소가 어딘지 모른다는 사실을 알았다. 학부모회 회장에게 전화를 걸어 물었다. 회장은 난처해하면서도 날카로운 반응을 숨기지 못했다. 그것을 왜 묻느냐고, 아까 안 가기로 결정을 내리지 않았느냐고 되물었다.

"댁의 아이가 지금 어디 있는지 아세요?"

"학원에 있지요."

뭐가 문제인지 전혀 모르는 듯했다.

"확신하셨나요?"

'확인'이라고 말하려 했는데 세영은 '확신'이라고 잘못 발음하고 말았다. 회장이 서둘러 전화를 끊었기 때문에 정정할 타이밍을 놓쳤다. 이제 정

정의 필요는 없어졌다. 불안은 급속도로 전파된
다. 이제 회장은 자신의 아이가 있어야 하는 곳에
달려갈 것이고, 부재를 확인하고 나면 세영이 발
음한 '확신'의 의미를 떠올릴 것이다. 모든 게 다,
너무 늦었는지도 몰랐다.

5

여름 저녁의 해는 늦게 저문다. 빛의 밝기와 관계없이, 절의 입장 시간이 끝나고 나면 언덕 위의 정체도 즉각 사라졌다. 절을 빠져나가는 차들이 많았지만 내리막길은 막히지 않았다. 무원은 언덕을 천천히 걸어 내려왔다. 산책을 나서는 길이었다. 매일 봐도 바다는 매일 달랐다. 아니 매시간 달라졌다. 우리나라 동쪽 해변의 바다, 라고 하는 것은 얼마나 둔감한 분류인가. 아니 여름 바다라고 뭉뚱그려 부르는 것은. 지금 이 순간의 바다는 맑고 강인했다. 무원의 눈에는 그렇게 보였다. 지평선을 수평선으로도 부른다는 것이 새삼

신기했다. 입수 중인 서퍼들의 모습이 멀리 보였다. 이번 여름에는 이 해변에도 서퍼들이 부쩍 늘었다.

단 하나의 보드에 의지해 단 하나의 파도를 타려는 사람들, 바다로 나아가려는 사람들.

무원도 얼마 전, 오랜 망설임을 뒤로하고 서핑을 배우기 시작했다. 이웃의 서핑숍 문을 밀고 들어가는 데에 처음 느껴보는 종류의 용기가 필요했다. 강습 첫날, 군대나 다녀왔을까 싶은 젊은 강사가 몇 가지 기본 안전 수칙을 설명했다.

"서핑보드와 서퍼의 발목 사이에 연결된 줄, 이걸 리시라고 부릅니다. 생명줄이죠."

단단한 끈이었다.

"보드를 놓쳤을 때는 급하다고 절대로 이 끈을 잡아끌면 안 됩니다."

보드는 그런다고 가까이 다가오지 않는다고 했다. 파도는 계속 새로 발생하고 새로 출렁이기 때문에, 필연적으로 보드는 위를 향해 튀어 오른다. 그러곤 물에 빠진 서퍼의 몸을 가격한다.

"그러면 어떻게 해야 하나요?"

"반드시 직접 가서 손으로 잡아 와야 합니다."

하나의 파도에는 한 명의 서퍼만이 올라탈 수 있다. 다른 사람이 먼저 타고 있는 파도에 올라타는 걸 '드롭'이라고 불렀다. 나도 모르게 드롭을 했다면 곧바로 사과하면 된다고 했다. 전 세계 비치 어디에서도 '쏘리'라는 한마디면 문제되지 않는다고 했다. 서핑과 파도에 관한 규칙들은, 인간과 인생에 대한 은유로 사용하기에 손색이 없었다. 무원은 그 점이 특히 흡족했다. 언젠가는 도우에게도 가르칠 기회가 오면 좋겠다고 바랐다.

이번 여름의 변화가 극적이라고 해야 할지 소소하다고 해야 할지 무원은 지금 판단을 내릴 수는 없었다. 발새가 전화를 걸어온 뒤 '파는 사람' 사이트를 탈퇴했다. 탈퇴하기 전에 자유게시판과 'M1'에서 그동안 쓴 자신의 글과 댓글을 다 지웠다. 한꺼번에 다 지울 수도 있었지만 일일이 클릭하여 지우는 데 시간이 꽤 오래 걸렸다. 그날 바로 시내 이동통신 대리점에 나가 새 전화기를 사고 전화번호를 바꿨다. 10년 넘게 써온 번호였다.

사람들에겐 전화기가 고장 나 새로 마련하는 김에 번호도 변경했다고 둘러댔다. 이번 기회를, 평소 연락을 주고받지 않는 사람들과의 관계를 재고하는 계기로 삼으리라 다짐했다. 새 전화기에는 포털사이트의 어플을 깔지 않았다. '파는 사람' 어플도 받지 않았다.

정적 속에서 산 지 일주일쯤 지나자 무원은 서서히 부끄러워졌다. 도대체 아는 것이 하나도 없는 사람들에게, 어디에 존재하는지조차 불확실한 사람들에게 어쩌자고 끈끈한 유대감을 느끼고 시간과 열정을 바쳤단 말인가. 길에서 마주친대도 아무도 서로를 알아보지 못할 터였다. 이제 그의 일상을 궁금해하고, 당신의 존재 자체가 소중하다고 속삭여주는 타인은 하나도 없었다. 어떤 밤에 꿈을 꾸었다. 꿈에서 그는, 그냥 네가 대신한 걸로 해주면 안 되느냐고 누군가에게 애원하는 자신의 모습을 보았다. 상대의 얼굴은 보이지 않았는데 깨고 나니 당연히 세영이리라는 생각이 들었다. 그의 인생에 그런 부탁을 할 만한 사람은 세영 말고는 없었다. 거의 흐느끼면서 잠에서 깼다. 꿈의 여운은 길었는데 씁쓸한 것만은 아니었다. 아쉬운 느낌과 함께 단맛이 입안에 오래 남았다.

좀 전까지는 맑고 강인하게 보이던 바다가, 잔잔한 바다로 바뀌려 하고 있었다. 내일의 파도는 어떨까. 무원은 궁금했다. 무원의 예측과 관계없이 불과 두어 시간 후면 하늘에 급작스러운 비구름이 몰려와 바다에도 거센 비를 뿌릴 것을 그는 눈치채지 못했다. 이 계절은 머지않아 끝날 것이다.

바지 주머니 속에서 전화가 울렸다. 세영이었다. 그는 조그맣게 헛기침을 하고서 전화를 받았다.

6

세영은 빈소 문을 부수듯이 연다. 안에는 아무
도 없다. 아무것도 없다. 초라한 제단에 놓인 것
은 작은 위패와 분향함, 흰 촛불이 전부다. 영정
도, 꽃 장식도 없는 빈소는 처음이다. 가슴에 삼
베 상장을 매단 상주도, 예를 갖춰 문상을 올리는
조문객도 없는 곳이다.

접객실은 바로 옆이다. 한 테이블 말고는 다
비어 있다. 맨 안쪽 테이블 하나에 아이들 여럿
이 옹기종기 모여 앉아 있다. 두엇은 교복을 입었
고 나머지는 검정색 옷차림이다. 세영의 눈이 재
빨리 도우의 존재를 식별한다. 도우가 저기 있다.

무사하다. 출입구 쪽에 등을 돌린 자리여서 얼굴은 보이지 않지만 도우의 뒷모습이 확실하다. 그 옆에 새까만 블라우스를 입은, 깡마른 여자가 있다. 목덜미가 드러나게 자른 웨이브 펌, 여윈 어깨뼈. 오늘은 검정이구나, 세영은 멍하니 생각했다. 이곳은 머리끝부터 발끝까지 검은색의 휘장을 둘러쓴대도 용인되는 곳이다. 옆에는 남자가 있다. 그가 누구인지도 세영은 안다. 반팔 셔츠 밑으로 드러난 팔에 용 문신은 보이지 않는다. 숱 없는 머리칼은 희게 셌고, 어깨와 등을 한껏 웅크려 더 굽어 보인다. 그는 그냥 노인이다. 상 위에 콜라 캔과 사이다 캔, 종이컵들과 종이 접시가 보인다. 종이 접시에 담긴 내용물은 보이지 않는다. 남자는 소주를 마시는 중이다. 다 마신 병들이 남자 앞에 일렬로 서 있다. 그가 저 빈 유리병 중에 하나를 거꾸로 잡고서 도우의 머리통을 내리칠 수도 있을 것이다. 도우의 이마에 붉은 피가 철철 흐르겠지. 그러면 세영은 1초도 망설이지 않고 경찰을 부르리라. 하나, 둘, 셋. 세영은 입속으로 빈 병의 개수를 헤아린다. 그것밖에 할 수 있는 일이 없다는 듯이.

"손님 오셨네."

앞치마와 머릿수건을 걸친 빈소 접객원이 어느
새 옆에 와 있다.

"식사하고 가실 거예요?"

그 말에 도우도, 유강의 할머니도 할아버지도
흘낏 뒤를 돌아본다. 세영을 발견한 도우는 놀란
눈치다. 놀란 순간에 그렇듯 눈썹을 씰룩인다. 웃
는 것도 우는 것도 아닌 표정이다. 엄마!라고 그
녀를 부르지는 않는다. 그럴 마음은 아닌 것 같
다. 세영은 접객원을 향해 도리질을 친다.

"아녜요. 바로 갈 겁니다."

세영은 그대로 서서 도우에게 손짓을 한다.

"가자. 이제 가야지."

목소리가 너무 잠겨서 도우의 귀에 가 닿을지
자신이 없다. 도우가 머뭇거린다. 유강의 할아버
지가 상을 짚고 자리에서 일어선다. 힘겨운 동작
이다. 그는 몸을 돌리더니 세영을 향해 깊숙이 고
개를 숙인다. 유강의 할머니는 차마 일어서지 못
하는 채로 고개를 숙인다. 세영도 황급히 맞받는

다. 인사를 하는데 자신의 발이 내려다보인다. 정신없이 나오느라 맨발에 굽 없는 슬리퍼를 꿰어 신고 있다.

"그래, 늦었다. 이제 돌아들 가라."

유강의 할아버지가 말한다. 노인은 의연함도 주저함도 서글픔도 없이 중얼거린다.

"와줘서 고맙다."

오래전에 녹음해둔 기계음 같다. 어떤 아이도 자리에서 일어나지 않는다. 도우도 마찬가지다. 세영은 도우에게 간절한 눈빛을 보낸다. 도우야, 도우야. 도우가 작고 또렷한 음성으로 대답한다.

"조금 더 있을래요. 먼저 가세요."

그 애는 진심인 것 같다.

"우리가 가버리면 아무도 없잖아요."

그 애는 진심이다. 뜻을 알 수 없는 뜨끈한 감정이 솟구친다. 세영은 주저앉고 싶다. 도우가 바라는 대로 뒤돌아 나가주고 싶다. 강이의 빈소에 엎드려 오래오래 울고 싶다. 세영은 움직이지 못한다. 간신히 지금은 힘을 아껴두어야 한다고 생각한다.

이름도 알지 못하는 세상의 모든 신들에게 간
구하는 밤이 언젠가 올 것이다. 짐작보다 더 빨
리. 등 뒤에서 적막한 저녁의 구름들이 몰려오는
소리가 들렸다.

당신의 아이는 어디 있나요?

이소연

세속 도시에서의 삶과 죽음

21세기 한국의 세속 도시 안에 거주하는 사람들은 어떻게 살아가고 또 죽는가. 무엇 때문에 서로를 미워하고 사랑하며 또 배신하는가. 이러한 물음을 떨칠 수 없는 사람들은 조용히, 그러나 숨겨진 격정을 품고, 정이현의 소설에 이끌린다. 그의 소설들은 익숙하지만 정체 모를 난폭함이 횡행하는 이상한 공간에서 살아가는 사람들의 삶을 투명하게 재현한다. 그 이야기들은 '표준화'된 도시 공간에 서식하면서 나날이 이어지는 거짓 평화에 매몰되어가는 인간들의 모습을 날카로운 시선으로 해부한 투사도를 연상케 한다. 그들은 세밀한 표면을 확대하는 현미경의 렌즈와, 그 아래 숨겨져 있던 심부를 관통하는 엑스레이의 광선을 동원해 우리가 살아가는 현실을 '보게' 만든다. 인간사에 엉켜 있는 온갖 복잡한 아이러니들을 한 가닥씩 풀어나가다 보면, 독자는 마침내 이러한 질문에 도달하게 된다. 당신은, 그리고 우리는 정말 안녕한가, 돌이킬 수 없는 큰 병을 앓고 있진 않은가, 진정 소중한 것을 상실하고도 깨닫지 못하고 있는 것은 아닌가.

『알지 못하는 모든 신들에게』는 작가 자신을 태어나게 했고, 품어주었으며, 한때는 절망하게 했던 도시를 향해 바치는 애증의 서사다. 작가는 이전에도 전작인 「삼풍백화점」『안녕, 내 모든 것』 등의 소설에서 서울 '구반포' 지역 일대를 배경으로 한 자전적 체험을 꾸준히 반영하곤 했다. 정이현의 소설에서 이 지역은 행정구역도에서 일정 지분을 점유하고 있는 현실적인 공간을 넘어서는, 중층적인 의미를 지니고 있다. 그곳은 특정

한 지리적 경계 안팎을 가리키는 동시에, 20세기 이후 한국 사회가 배설한 중산층의 '욕망'이 적나라하게 전시되는 상징적 공간이기도 하다. 이곳을 배경으로 한 일련의 소설 속에서, 정이현의 소설은 한국 중산층의 세태를 세밀하게 그려내는 동시에 이들을 리트머스 시험지 삼아 '인간 본성'이라는 주제를 심도 있게 탐구한다. 그의 소설 속에서 토포필리아topophilia라고 불리는 장소와 인간 간의 끈끈하고도 숙명적인 얽힘에 대한 모티프가 반복되는 이유다.

『알지 못하는 모든 신들에게』는 대도시 오래된 아파트 단지에 거주하는 한 가족을 둘러싸고 펼쳐지는 일상을 다루고 있다. 소설은 이들 가족의 시점을 차례로 돌아가면서 그들의 동네에서 벌어진 한 처참한 사건을 입체적으로 서술해나간다. 이야기의 큰 흐름을 이끌어가는 아내 세영은 자신이 목숨을 끊기 위해 복용해야 할 약들을 머릿속에서 조합하는 장면을 통해 처음으로 모습을 드러낸다. 동네에서 약국을 운영하는 세영은 남편 무원과 자신이 대학생 때부터 알던 친구 사이였다고 술회한다. 이들 부부 사이에는 이제 남녀 간의 긴장이나 두근거림 같은 것은 남아 있지 않은 것으로 짐작된다. 지역에서 호텔을 운영하기 위해 평소에는 집에서 거의 떨어져 있어야 하는 무원의 사정으로 인해 부부의 사이는 남남처럼 서걱거리는 상태이다. 세영을 사로잡고 있는 것은 대개 약국을 혼자서 꾸려나가는 일 아니면 외동딸 도우의 교육 문제에 한정되어 있다. 그녀는 자신과 가족들의 평온한 혹은 진부한 일상을 현상 유지시키는 것 외에는 관심이 없는 것처럼 보인다. 그래서 그녀는 다른 사람의 인생사에 자신이 개입하거나, 역으로 누군가가 자신의 삶에 끼어드는 일에 거의 본능적인 거부감을 보인다.

세영은 남의 인생에 영향을 끼치는 일은 손톱의 때만큼도 하고 싶지 않았다. 더구나 여기서는. 학폭위에 회부된 아이들은 그녀가 너무도 잘 아는 아이들이었다. 이 동네는 도심이지만 어떤 의미에선 지방의 소읍과 비슷한 데가 있었다. 조성된 지 서른 해에 가까워가는 대단지 아파트 안에 초등학교와 중학교가 등을 맞대고 붙어 있었다. 단지 안의 거의 모든 아이들이 같은 초등학교를 다녔고, 졸업 후엔 같은 중학교에 진학했다. 도우가 초등학교에 입학했을 때 80여 명이던 한 학년 학생의 숫자는 고학년이 될수록 점차 줄어 졸업 무렵엔 60여 명 정도만 남았다. 그 애들이 그대로 같은 중학교에 올라가는 구조였다. (18쪽)

당연히 세영은 도우의 친구들인 이웃들 역시 어떤 직업에 종사하고 어떤 수준의 삶을 사는지 훤히 알고 있다. 사람들의 교류가 잦은 약국에서 일한다는 특성상 세영의 상황은 더욱 특별할 수밖에 없다. 그녀의 눈을 통해 들여다본 대도시 대단지의 세태는 현대의 도시보다는 전근대적인 마을 공동체의 폐쇄성을 그대로 답습하고 있다. 한 집 건너 한 집 살림이 비슷하고 예측 가능하며 심지어 욕망의 대상이나 행동 양식까지 획일화되어 있는 지역 공동체 안에서 사람들은 어떻게 변해갈까? 정이현의 소설은 이러한 의문에 응답이라도 하듯 그 안에서 벌어지는 도덕적인 지체와 정신적 타락의 실상을 냉정한 시선으로 폭로한다.

"재건축되면 어쩌려고."

그것은 무원만의 입버릇이 아니었다. 이 아파
트 단지 거주민들의 공통된 생각이었다. 이 동
네 사람들은 미래뿐만 아니라 현재에 대해 말해
야 하는 순간에도 '재건축되면'이라는 가정을 습
관처럼 전제했다. 이곳은 집값 안정과 주택난 해
소라는 목적으로 1989년 개발 계획이 발표된 1기
신도시의 시범 단지였다. 작년부터 아파트 단지는
본격적으로 재건축 이슈에 휩싸여 있었다.(24쪽)

정이현의 소설에서 깊은 통찰을 주는 장면은
커다란 소음이나 놀라움을 주는 사건을 동반하지
않는다. 그의 소설은 일상에서 무심히 건네는 대
화 속에 입을 벌리고 있는 실금 같은 틈을 툭 건
드릴 뿐이다. 그러나 독자는 차츰 소설을 읽어감
에 따라 이러한 조짐이 종내는 끔찍한 파국을 불
러오는 타락의 전조였음을 깨닫게 된다. 이 대화
가 우리에게 일깨워주는 것은 모종의 도덕적 타

락은 사소하게 여겨지는 지체와 무감각이 집적됨에 따라 일어난다는 사실이다. 이는 마치 사소한 죄악들이 차곡차곡 적립되어 커다란 규모의 부채로 불어나는 광경을 연상케 한다. 당장 값을 치르지 않고 연체한 책무들, 미루고 미루다가 암 덩어리가 된 도덕적 태만이야말로 이 소설 속에 등장하는 공동체가 직면하고 있는 병증임을, 이 소설은 독자에게 경고하고 있다. 그리고 소설 속에서 이는 '언젠가 재건축될 것'이라는 명분 아래 수리를 미루고 있는 작은 고장들을 통해 상징되고 있다.

유예된 채무와 숨겨진 죄

한편 세영에게서 이러한 지체의 조짐은 자신이 속한 '학교폭력대책자치위원회' 회의에 불참하고자 하는 충동으로 표출되고 있다. 세영은 시종일관 자신이 남의 일에 개입하는 일을 좋아하지 않는, 불편부당한 성격의 사람임을 스스로에게 상

기함으로써 미적지근하게 유지되는 안온한 일상을 유지하고 싶어 한다. 그러나 예기치 않은 불행은 언제나 인간의 계산이 얼마나 무력한 것인지 폭로하면서 다가오기 마련이다. 딸 도우가 다니는 중학교에 학교 폭력 사건이 발생하고 이를 해결하기 위해 학부모들은 대책 회의를 소집한다. 세영은 이 모임에 부회장으로 있음에도 불구하고 자신과 친분 있는 집의 아이들이 가해자라는 이유로 결정에 참여하지 않으려고 한다. 그녀는 피해자 학생의 조부가 자신에게 보낸 문자메시지를 적극적으로 제지하지 않았다는 사실로 스스로를 자위하며 그 행동이야말로 자신이 "최소한의 균형감각 혹은 교양"을 지닌 증거라고 생각한다. "남의 인생에 그렇게까지 개입하고 싶지는 않다는 것"(45쪽)이 자신의 솔직한 심경임을 밝히는 세영은 결국 남편 평계를 대고서 회의에 빠지고 만다. 그리고 그녀의 불참은 학교폭력위원회가 가해자 측에 유리한 결정을 내리는 데 결정적인 요인으로 작용한다.

어쩌면 이 소설은 세영의 이기적이고도 냉혹한

행동을 가리켜 '도덕적 사보타주'라고 매도할 수도 있었을 터이다. 그러나 이 소설의 아이러니는 자신을 해치지 않는 결정을 내리는 세영 역시 가장 가까운 사람인 남편의 '도덕적 사보타주'로 인해 소비되고, 배신당할 운명에 처해 있다는 점이다. 남편 무원은 약사인 아내의 정체성을 사칭하고 인터넷 커뮤니티 공간에서 여흥을 즐기는 데 몰입하고 있다. 그는 자신이 여성 약사라고 알고 있는 다른 회원의 오해를 바로잡을 생각도 않고 그들 사이에 일어나는 성적 긴장을 즐기기까지 한다. 그리고 다른 회원의 집요한 접근에 의해 자신의 정체가 폭로될 위기에 처하자 자신이 저지른 일을 아내가 대신해주길 내심 바라는 비겁한 모습마저 보인다.

무원 앞에 놓인 선택지는 두 가지뿐이었다. 사실을 밝히거나, 그러지 않거나. 늦은 줄 알았을 때가 가장 빠른 때라는 말은 옳았다. 바로잡으려면 그때 했어야 했다. 자신의 얼굴이 조금 붉어지기는 하였겠으나, 아무의 얼굴도 크게 붉어질 필요는 없이 오류는 수정되었을 것이다. 그러나 무원은 오해를 바로잡으려는 어떤 시도도 하지 않았다. 오해를 확고히 하는 시도를 하지도 않았다. 어차피 실제로 만날 일 없는 사람들이었다. 그는 상황을 그냥 놔두었다. 시간이 그렇게 갔다.(95쪽)

정이현은 이런 크고 작은 사건들을 통해 한국 사회 중산층 가족이 빠져든 정신적 퇴행의 국면을 점묘하고 있다. 표면적으로는 안전지대에 자리 잡은 듯 보이는 사람들이 보여주는 위태로운 일상은 우리 사회의 이면에 잠재되어 있는 허약한 정신적인 기반을 투명하게 노출하고 있는 것이 아닌가?

떠나는 아이들, 다가오는 신

소설은 결국 피해 학생이 스스로 목숨을 끊는 끔찍한 사건이 벌어짐으로써 파국으로 내닫게 된다. 더욱 비참한 것은 무고한 아이가 죽음에 이르

렀는데도 불구하고 책임을 지는 사람은 아무도 없고 사건의 여파를 무마하기 위해 애쓰는 모습만 보여준다는 사실이다. 세영 역시 아이의 죽음이 자신의 책무 유기와도 연관된다는 사실을 깨닫지 못한 채 친구의 장례식에 참석하려는 딸 도우를 만류하는 일에 급급해한다.

"지금은 말이야, 거기 어른들이 많이 힘드실 수 있지 않을까. 힘드신데 너희들을 보면 강이 생각이 더 많이 날 수도 있어."

도우는 우유를 마시지는 않고 손가락 끝으로 컵을 만지작거리기만 했다.

"그러니까 나중에 가는 게 좋겠어."

세영의 말이 끝나자, 도우가 있는 힘껏 컵을 잡았다.

"나중에…… 언제요? 엄마, 시간이 없어요."

(122쪽)

차마 딸을 붙잡지 못하는 세영이 부지불식간에 내뱉는 "나중에 가는 게 좋겠어"라는 말은 이들이 처한 도덕적 딜레마의 한계를 단적으로 보여주고 있다. '아니'라고 말하는 대신 '나중에'라고 유예하는 것이야말로 이 시대 사람들이 자신의 양심을 잠재울 때 사용하는 마법의 주문 같은 것이 아니겠는가. 엄마의 궤변에 대해 딸 도우는 '시간이 없다'고 답변을 한다. 바로 이 장면이다. 작가가 어쩌면 '신의 말씀'에 맞먹을 만한 치명적인 도전을 독자에게 던지는 순간은. 어떤 사람은 작은 아이의 입에서 나오는 말을 통해 '지금이 바로 그때'라고 선언하는 신탁을 떠올릴지도 모르겠다. 도우의 반응을 통해 세영은 자신의 세계를 떠받치고 있던 어떤 신념이 산산조각 났음을 깨닫게 된다. 이러한 세영의 각성은 그녀가 다른 학부모와 함께 나눈 통화 내용에서 선명하게 모습을 드러낸다.

"댁의 아이가 지금 어디 있는지 아세요?"
"학원에 있지요."
뭐가 문제인지 전혀 모르는 듯했다.
"확신하셨나요?"

'확인'이라고 말하려 했는데 세영은 '확신'이라고 잘못 발음하고 말았다.(137쪽)

확신은 깨어지고 아이는 그들의 곁을 떠나간다. 불안에 휩싸인 세영은 피해 학생의 장례식장에 뛰어 들어가고 그곳에서 유족들과 함께 조문을 하고 있는 딸과 친구들을 만난다. 세영은 딸에게 이제 집에 돌아가자고 종용하지만 딸은 엄마의 권유를 뿌리치고 장례식장에 더 머물러 있겠다는 결심을 굽히지 않는다.

"조금 더 있을래요. 먼저 가세요."
그 애는 진심인 것 같다.
"우리가 가버리면 아무도 없잖아요."(147쪽)

이 대화에서 딸 도우가 던지는 말은 의미심장하다. 세속 도시를 만들고, 그 안에서 살아가는 어른들은 자신들의 죄를 덧입고 덧칠해 이제 죄책감조차 거의 느끼지 못할 만큼 변형되어버렸지만 새로이 태어나 아직 죄에 물들지 않은 아이들

은 다르다. 이들은 아직 인간 사이의 순수한 유대
감과 이로부터 비롯되는 도덕이라는 '유혹'에 이
끌리는 본성을 잃어버리지 않은 존재들이다. 마
치 동화 「하멜른의 피리 부는 사나이」에 낯선 피
리 소리에 매혹되어 마을을 한꺼번에 떠나버린
아이들이 등장하듯이, 도덕과 연대감이라는 치명
적인 유혹에 이끌리는 아이들은 이제 곧 속물화
된 어른들의 곁을 떠나고 어른들의 도시를 텅텅
비게 만들지 모른다. 이러한 상상은 "우리가 가버
리면 아무도 없잖아요."(147쪽)라는 도우의 말을
중의적으로 해석하게 만든다. 그의 말은 사람이
없는 장례식장을 지켜주겠다는 결의의 표현이기
도 하면서 동시에 말의 의미를 곧이곧대로 해석
하면 이들이 정말 언제 '가버릴지도 모른다'는 파
국에 대한 두려운 예고로 들리기도 한다. 그리고
딸의 말에서 세영이 다시 한 번 그들의 죄를 추궁
하는 두려운 신의 목소리를 되새기는 대목이기도
하다. 도우의 말이 떨어지기가 무섭게 세영은 마
침내 피해 학생의 죽음에 슬픔을 느끼고 빈소에
"주저앉아" "엎드려 오래오래 울고 싶다"(147쪽)

라는 감정을 처음으로 느끼게 된다. 이 순간 그녀에게 닥친 슬픔은 "이름도 알지 못하는 세상의 모든 신들에게 간구하는 밤이 언젠가 올 것"(148쪽)이라는 불길한 예감과 짝을 이루어 이야기의 경계 바깥으로 선명하게 탈주선을 긋는다.

정이현의 소설은 인간이 스스로를 속이면서 저지르는 죄악들이 채무처럼 우리의 삶을 포박하고 종내는 미래를 열어나갈 아이들의 삶마저 위태롭게 만들 것임을 두렵게 경고하고 있다. 이러한 과정을 통해 그의 소설은 현대 도시의 세태를 세밀하게 지면에 묘파한 리얼리즘 서사이자 눈에 보이지 않고 느끼지도 못했던 신과 초자연적인 세계를 향해 영혼이 깨어나는 순간을 그린 영적 체험담이라는 중층적인 구조를 갖게 된다. 억울하게 죽은 아이의 장례식장에 외롭게 남아 있는 또 다른 아이들의 모습으로 끝나는 소설의 마지막 장면은 얼마나 비통하고 슬픈가. 이 풍경을 통해 정이현의 소설은 우리에게 마지막 경고를 내리는 듯하다. 어른들이 저지르는 은밀한 폭력이 소중한 아이들을 떠나보낼 것이며, 투명한 거짓으로 지은 세속 도시는 머지않아 신이 지배하는 거룩한 불모의 세상이 되리라는 두려운 진실 말이다.

작가의 말

'아마도 나는, 나와 영원히 화해하지 못할 것이다'라고 끝나는 소설을 쓴 적이 있다. 오랫동안 그것을 생각했다. '것이다'는 단정인가, 추측인가, 예상인가, 결심인가. 이 소설은 어쩌면 그 하나의 문장에서 시작되었다.

작년 여름 썼던 초고를 올여름 수정했다. 여러 가지를 빼고 더했다. 그런 것은 별로 중요하지 않을지도 모른다. 그동안, 어떤 오후엔 해의 방향을 향해 앉은 아기 고양이의 뒷모습을 보았고 어떤 저녁엔 팔을 흔들며 유리창의 얼룩을 닦았다. 아주 멀리 당도하는 꿈은 한 번도 꾸지 못했다. 맹

목과 불안 사이를 서성이는 사람에 대해, 일상의
어떤 모습에 대해 쓰려 했다는 것을 완성한 후에
알게 되었다.

2018년 가을

정이현

알지 못하는 모든 신들에게

지은이 정이현
펴낸이 김영정

초판 1쇄 펴낸날 2018년 9월 25일
초판 7쇄 펴낸날 2024년 5월 22일

펴낸곳 (주) 현대문학
등록번호 제1-452호
주소 06532 서울시 서초구 신반포로 321(잠원동, 미래엔)
전화 02-2017-0280
팩스 02-516-5433
홈페이지 www.hdmh.co.kr

ISBN 978-89-7275-928-7 04810
       978-89-7275-889-1 (세트)

* 책값은 뒤표지에 있습니다.